真愛無價

明士心、嘉安、倪小恩、破風 合著

Family Sky 天空數位圖書出版

目錄

真愛無價 / 文：明士心   1

暗巷陰陽戀 / 文：嘉安   37

忌憶藥丸 / 文：倪小恩   75

總裁變愛奴 / 文：破風   101

真愛無價

文：明士心

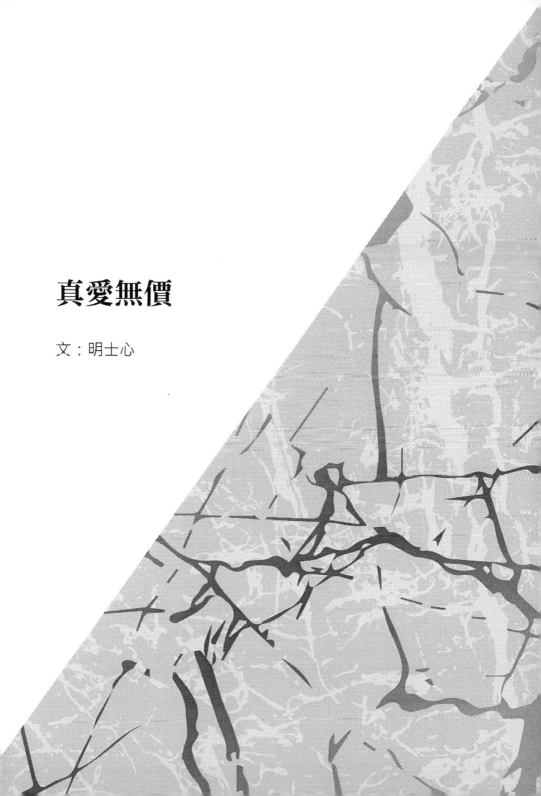

真愛無價

一、鏡中的危機

　　鏡子裡，一張女人的臉孔，幾根白髮、眉心之間有些許皺紋、眼睛外側有魚尾紋、眼袋的位置也有皺紋，還有許多惱人的斑，皮膚的狀況不是很好，她勉強擠出笑容，此時連嘴角旁邊的皺紋都跑出來了，牙齒也偏黃，她已經有一陣子沒有這麼仔細看自己了，心想，怎麼自己會變成這麼老？她起身後開始脫去衣物，進了浴室，發現自己的肚子也有一圈肥肉、摸了鬆垮垮的臀部、略為外擴跟下垂的胸部，這才意識到她的老公已經半年沒有碰她了。

　　洗完澡，她再度回到梳妝台前，坐在那裡化妝，她花了很久的時間，但那些斑還是遮不住，只要一笑，皺紋還是很明顯，看了手機上的時間，已經是早上八點半，她該出門了，於是穿上淡綠色的套裝、絲襪、高根鞋，拎起銀灰色的公事包後匆匆上了一部小轎車。

　　把車停好、進了電梯，她按了十九樓的按鈕，接著電梯停在一樓，三個年輕女子跟二個男子進了電梯，五個年輕人的皮膚狀況都很好，身材在套裝的襯托下，顯得更高挑了，她的心情馬上變得很差，這時一個四十歲左右的男人跑向電梯，在電梯門快關上時把手伸出去，電梯門重新打開。

　　「早安！美蘭。」中年男人對女人打招呼。

2

「早。」她的心情不好，回了一個字後便開始滑手機。

「早安！美蘭姊。」年輕貌美的櫃台小姐雖然很有禮貌，但名字後面多了一個姊字，卻讓她非常不高興，沒有出聲回應，只是點頭。

剛剛在電梯裡的男人，座位就在她的隔壁，他看出美蘭的心情不好，於是約她去夜店喝點酒，放鬆心情。

「晚上一起去喝點酒好嗎？附近新開了一間酒吧，聽說裝潢不錯，氣氛很棒。」

「不想去。」美蘭還在生悶氣，所以拒絕了他。

「我知道妳心情不好，這樣吧！我請客。」

「這麼大方？有什麼企圖？」美蘭用懷疑的眼光看他。

「沒什麼企圖，只想讓妳放鬆心情而已。」

「真的嗎？」

「老實告訴妳好了，想去的還有六個同事，妳覺得我能對妳怎樣？」這男人或許真的只是關心美蘭而已。

「好，如果我醉了，要送我回家。」

「放心，我們已經找了司機，等我們喝完，就會一一送我們回家的。」

「誰這麼好？肯自願當司機。」

「小玉的男朋友啊！他應該是想幫小玉做個公關，讓大家別一直為難小玉吧！？」

「想拍馬屁？」

「別這麼說嘛！小玉只是心直口快，妳又何必跟她計較。」

下班前，美蘭進了化妝室，再度看到鏡中的自己，是那麼的蒼老與憔悴，心想，自己真的已經老了，於是，想在更老之前放縱一下，因為以後恐怕沒有機會了，她拿起手機，輸入簡單的幾個字：老公，晚餐請自理，我跟同事聚會。

「展榮，你說的酒吧在那裡？」美蘭回到座位，問身旁的男人。

「很近啊！等等一起走過去吧！」

二、轉機

四個年輕女同事、兩個年輕男同事走在前面，展榮跟美蘭則是並肩而行，他們兩人是多年的同事了，年輕時的展榮曾經追求美蘭，不過，美蘭當時已經有男朋友，就是現在的老公，所以沒有接受展榮，十幾年來，展榮沒有交女朋友，他一直默默守護在美蘭身旁，幫她解決各種大小事。

「到了。」展榮比著招牌：青春酒吧。

八個人進了酒吧，正中央的吧台裡兩個年輕人，一男一女，男生正在準備小菜，有烤魷魚、牛肉乾、滷豆乾，女生正在調酒，吧台的座位上只有一個半醉的中年男人，兩樣小菜跟一杯 1500CC 的冰啤酒，服務生此時出現八人面前。

「坐吧台還是沙發區？」

「沙發區。」展榮說。

點好了酒跟小菜，音樂從輕音樂變成適合跳華爾滋的圓舞曲，年輕人紛紛進了舞池，展榮則是為了接電話而離開。

「第一次來？」一位年輕貌美的女孩走向美蘭，並坐在她的對面。

「是啊！」

「怎麼不去跳舞？」

「年紀大了，而且我老公沒來，我不想跟別人跳舞。」

「原來如此。」

「這裡氣氛不錯，很適合聚會。」

「謝謝！剛開幕三天，如果有需要改進的地方，還請賜教。」

「妳太客氣了，像這樣的酒吧，已經很少。」

「妳常到酒吧？」

「年輕的時候很愛玩，市區每間酒吧都去過。」

「失敬，原來妳是高手。」

「那裡！只是愛玩罷了，現在年紀大了，根本不想出門。」

「其實年齡不會是問題，只要妳想玩。」

「我不懂妳的意思？」

「如果有一種東西，可以讓妳回到二十歲的樣子，妳願意嘗試嗎？」

「怎麼可能？」美蘭瞪大了眼看著眼前的女孩。

「妳猜，我幾歲了？」

「應該只有二十左右吧！」

「差很遠。」

「三十？」

「還是差很遠。」

「到底是多少？」

「我的年齡可以當妳的祖母了。」

「騙人的吧？我才不信。」

「是真的。」女孩拿出一顆包裝精美的糖果並放在手心，她把手伸到美蘭的眼前。

「這是什麼？」

「回春糖，吃了它，妳就會變回二十歲的樣子。」

「真的假的？」美蘭一臉疑惑看著眼前的女孩，但她堅定的眼神似乎打動了美蘭，於是美蘭把糖果拿起來仔細端詳一番。

「第一次見面，送給妳。」

「這怎麼好意思。」

「當作見面禮吧！」

「那就謝謝妳了，妳叫什麼名字？以後怎麼找妳？」

「這是我的名片。」上面印著：青春酒吧、雯靖。

「這是我的。」美蘭拿起皮包，也遞了名片給雯靖。

「我先去招呼別的客人，下次見。」

「再見。」美蘭拿起回春糖看了又看，然後放進皮包。

喝了幾杯之後，美蘭回想起從前的事，話開始多了。

「我們認識多久了？」美蘭問展榮。

「十五年又七個月。」

「這麼久了？」

「怎麼了？」展榮看著眼前的美蘭，心裡無限感慨。

「我是不是變得很老了？」

「怎麼會？在我心裡，妳永遠都是最漂亮的。」

「騙人，你以前都會盯著我看，自從我臉上的皺紋變多了，斑也出現了，你就不再正眼看我了。」

「那有，妳想太多了。」

「你說，你是不是不喜歡我了？」

「美蘭，妳醉了。」

「我沒醉，快說，你是不是不喜歡找了？」

「我⋯」展榮一時語塞，不知如何回答。

「快說，你快說。」

「我⋯」當展榮正要回答，美蘭已經醉倒。

三、猶豫不決

美蘭醒的時候，已經是隔天凌晨五點，垃圾車把社區的垃圾倒好，擠壓垃圾和引擎的聲音吵醒了她，身旁是他的老公，頭髮亂了，嘴角的口水要滴不滴的，她走進浴室，看著鏡子裡憔悴的自己，她知道，自己真的老了。

「美蘭，妳醒啦！快去洗澡，衣服都是酒味。」他的老公也醒了，不過美蘭沒有回應，拿著回春糖癡癡望著，心想該吃還是不吃。

當美蘭洗澡完，她的老公早已回到被窩裡繼續睡，不是他偷懶，而是昨晚美蘭喝得酩酊大醉，吐得到處都是，他為了整理屋

子，忙到凌晨三點，看著自己的老婆變成這麼狼狽，他不禁感慨，自己不能好好照顧她，還讓她出去工作，真的是對不起她。

美蘭今天一樣花了大把時間化妝，她又仔細的看著自己的臉，經過昨晚的瘋狂，她的樣子更老了，好不容易把妝上完，又到了上班的時間，於是她匆匆穿上衣物，這才想起昨晚是被載回家的，今天必須搭計程車到公司。

「你好，我要叫車。」美蘭拿起手機。

「好的，地址呢？」

「忠孝東路三段，頂好超市。」

「目前沒有車輛在附近，建議您搭捷運。」

美蘭只好快步前往捷運站，由於是顛峰時間，捷運站滿滿的人，每班都是像擠沙丁魚般，很少搭捷運的她，一時搞不清方向，正在四處張望，幾位年輕貌美的女孩從她面前走過，有說有笑，再度刺激了美蘭，她的心情又跌到谷底。

「阿姨，請問這台車有到南港嗎？」一個十歲大的男孩問美蘭。

「往南港在對面。」美蘭心想，我真的有那麼老了嗎？竟然叫我阿姨！這下簡直是火上加油，看來，美蘭的一天，可能會這樣毀了。

「怎麼了？整天都悶悶不樂的。」展榮問。

「我是不是變得很老了？你是不是不喜歡我了？」美蘭把昨晚的話又問了一遍。

「我確實還是很喜歡妳，可是妳已經結婚了，所以我不該再對妳有任何幻想。」

「你沒回答第一個問題，我是不是變得很老了？」

展榮沒回答，只是點頭。

「你說，我該怎麼辦？」

「現在有雷射除斑，只是短期間不能曬太陽。」

「皺紋呢？」

「拉皮手術啊！」

「我不想動刀。」

「那就沒辦法了，時光是不可能倒流的。」

「時光倒流？」美蘭開始回想昨晚的事，她把雯靖的名片跟回春糖拿出來看了又看。

「這是什麼？」

「沒什麼！我要忙了，有空再聊吧！」

「好。」展榮雖然覺得怪，不過自己也有事要忙，所以就沒再問下去。

美蘭拿起手機，將前一陣子翻拍的照片拿出來看，第一張是高中三年級的樣子，清純又可愛，第二張是大學二年級拍的，樣子稍微成熟一點，那時的她最漂亮，不化妝就很多男生喜歡她，美蘭想到昨晚的對話。

「如果有一種東西，可以讓妳回到二十歲的樣子，妳願意嘗試嗎？」

美蘭又想，是真的嗎？可是雯靖的樣子不像在說謊，從她的交際手腕來看，她至少有四十歲了，但皮膚的狀況確實很年輕，牙齒也是，美蘭拿著回春糖，猶豫著要吃還是不吃，

為什麼雯靖要送我這麼特別的東西？有什麼目的嗎？

四、回春

　　回到家，美蘭坐在梳妝台前卸妝，然後，她再度看到滿臉的皺紋跟斑，她拿起手機，把大學二年級拍的照片再拿出來看了又看，接著就拿起回春糖，把包裝紙拆開，並把巧克力般色澤的回春糖放入口中，入口即化的回春糖立即對身體起了反應，白髮、皺紋、斑都不見了，膚質變好了，牙齒變白了，美蘭高興的又叫又跳，那個二十歲的美蘭出現在鏡子裡，她內心的喜悅完全表露在臉上。

　　她脫去衣物進了浴室，肚子上那圈肥油不見了，臀部緊實多了，胸部的狀況回到年輕時的集中，也不下垂，這下她更高興了，邊洗澡邊唱著歌。

　　盡情揮灑自己的色彩，年輕不要留白，走出戶外放開你的胸懷，陽光也叫我不要再等待，一起魅力搖擺，年輕不要不要留白。

　　享受自我的喝采，豐富生活好好安排，陽光催我腳步加快，年輕別再徘徊。馳騁自己風采，愛我就趁現在，年輕歲月何必無奈不要留白，陽光催我趕快，青春一逝不再，逍遙自我起來把那煩惱拋開。

　　這是她國中時很愛聽的歌，城市少女唱的年輕不要留白，她在大學時期的髮型也很類似城市少女，想不到竟然已經過了三十多年了，美蘭的腦海的開始湧現年輕時的往事。

　　那是東海大學開學的第一天，從她踏進校門，就有男生盯著他看，一直走到教室後，她發現有共十幾個不同的男生注視著自己，而同班同學中，也有五個男生會盯著她看，那時的美蘭，是班花也是系花，同校的美女中，比她漂亮的屈指可數，有時一天收到的情書跟告白書就十幾封，她根本搞不清楚誰是寫信的人。

　　恢復青春的美蘭，立即將年輕時代所穿的衣物拿出來清洗，然後到一家髮廊，剪了大學二年級時所留的髮型，一旁等待剪髮的中年男子直盯著她看。離開髮廊來到服飾店，買了一些合乎這個年齡的衣物，並立即換上，走在街上，引來不少男人的注意，她知道，現在的她既年輕又迷人。

　　當晚，她的老公回到家，被眼前的景象嚇呆了。

　　「美蘭？」

　　「是啊！怎麼了？你好像看到鬼了。」

　　「妳的樣子，怎麼這麼年輕？」他支支吾吾的。

　　「我吃了一種糖果，可以讓我變年輕，你要不要試試？」

「這是逆天而行的事，我不贊成妳吃。」

「你看看，自己現在的樣子。」美蘭拉著她老公到梳妝台前。

「你現在的樣子，像我爸爸，不像我老公。」美蘭的話並不能改變他老公的想法。

「總之，我不贊成就對了。」

「你真掃興！」美蘭臭著臉，拎著剛買的皮包、穿著剛買的洋裝，頭也不回的出門了。

「妳去那裡？」

「出去逛街。」

夜店裡，展榮正坐在吧台前喝悶酒，一個熟悉又陌生的身影出現眼前。

「美蘭？」

「你認錯人了。」

「妳是美蘭，連聲音都一樣，只是年輕了許多。」

「你真的認錯人了，我叫玉婷。」

五、蒼老

美蘭轉身離開展榮的糾纏，換了一家夜店，等待男人的搭訕，她才坐下，就有三個二十出頭的男人靠過來。

「小姐，一個人嗎？」其中一個問。

「是啊！」美蘭非常大方的回答。

「可以請妳喝杯酒嗎？」

「好啊！」四人就這樣坐在沙發區聊了一整晚，美蘭一樣用假名：玉婷，也留了電話給對方。

第二天上班的時候，展榮又出現了。

「妳是美蘭，可是怎麼變這麼年輕？」

「你真的認錯人了，我叫玉婷，美蘭是我的阿姨，她要我代替她一陣子，麻煩你告訴總經理一聲。」

「我知道了，美蘭的事就是我的事，我現在就去說。」

「辦好了，美蘭有交代妳工作內容嗎？」

「放心，我沒問題的。」

「好，有什麼問題，隨時找我。」

「請問大哥，要怎麼稱呼你？」

「我是李展榮。」

「展榮哥，以後要麻煩你多多照顧了。」

「沒問題的，美蘭的事就是我的事，我一定幫忙到底。」

「那就先謝謝展榮哥了。」

才一個小時，公司裡，已經有年輕的男同事蠢蠢欲動，想要追求玉婷，不過，他還沒開口，就被另一個部門的同事捷足先登。

「玉婷，下班後有空嗎？」

「有啊！」美蘭心想，他好帥，就跟他出去吃飯吧！

「我們一起去看電影，好嗎？」

「可以先去吃飯嗎？」

「當然可以。」

於是美蘭迷失在眾多追求者之中，完全冷落等她回家的老公，每天下班後都有約會，而且幾乎都是不同的對象。

「妳最近很忙？」美蘭的老公問。

「是啊！」

「每天都這麼晚回家，不會累嗎？」

「不累。」

「我不在妳身邊，要照顧好自己。」

「知道了，我去洗澡了。」

面對美蘭的冷淡，她的老公沒有多說，因為他深深愛著美蘭，能讓美蘭快樂就好。

自從美蘭吃了回春糖，已經過了一個月，跟她約會的對象已經多達十二人，今天是第十三個。

「電影好看嗎？」男人問。

「還可以。」

「等等去陽明山看夜景，好嗎？」

「我有點累了，改天吧！」

「好吧！我送妳回家。」

「不用了，我自己回家，再見。」

「再見！」

在她轉身離開沒多久，美蘭覺得身體怪怪的，她發現自己的步伐越來越沉重，肚子似乎越來越脹，她趕緊離開那裡，找了一處小巷，拿出包包裡的小鏡子，這下不得了，鏡中的自己皺紋跟斑都跑出來了，就跟一個月前的樣子相同。

「怎麼辦？」她自言自語，一邊想，如果她變老了，這些男人一定會離開她，於是，她拿出雯靖的名片，撥出電話。

「請問妳還在青春酒吧嗎？」

「在啊！」

「現在方便過去找妳嗎？」

「可以啊！」

「等我半小時。」

「沒問題。」

「美蘭，吃過回春糖了嗎？」青春酒吧裡，雯靖問。

「吃了，為什麼？」美蘭手指自己的臉。

「回春糖是有時效的，時間一到，妳就會打回原形。」

「那怎麼辦？」

「再吃一顆啊！」

「那就再給我一顆。」

「上次是當成見面禮，如果妳還要的話，就必須花錢買。」

「好，多少錢，我買。」

「十萬。」

「這麼貴？」

「回春糖的成本很貴，想變年輕是要付出代價的。」

「好，我去領錢。」

「我等妳。」雯靖的微笑迷人卻詭異，但一心想變年輕的美蘭已經顧不了那麼多。

六、代價

「謝啦！」雯靖收了錢，便將回春糖交給美蘭。

「什麼時候要再來找妳？」

「回春糖的藥效是一個月。」

「我懂了。」

很快的，一個月就過去了，雖然美蘭又認識了許多年輕男人，可是，她必須面對的是可怕的錢坑跟後遺症。

「雯靖，為什麼我今天會變這麼老？」

「回春糖的副作用是藥效過了之後，會讓妳老一歲，直到八十歲左右才會停止，妳現在才四十五歲，再吃三年，就會一直保持八十歲的樣子。」

「這麼可怕？」

「怕就別吃，妳看我，永遠保持二十歲的樣子，不好嗎？」

「好，那就再給我一顆。」

「今天的價錢是二十萬。」

「為什麼漲價？」

「上面規定的，我只是奉命行事。」

「妳還有上司？」

「是的。」

「好，我明天再來。」

「沒問題。」

美蘭看著存摺，裡面只有四十五萬多，但為了變成年輕貌美，她也只好硬著頭皮把錢領出來，交給雯靖，交換一個月的青春，不過，這是和魔鬼在交易，因為，雯靖給她的價格越來越高。

「今天的價錢是四十萬。」又過了一個月。

「為什麼又漲價？」

「我說過了，是上面規定的，我只是奉命行事。」

「我沒那麼多錢。」

「等妳有錢再來吧！」

「我考慮考慮。」

「回春糖的成本很貴，想變年輕是要付出代價的。」雯靖把說過的話再說一遍，美蘭頭也不回，離開了青春酒吧。

「怎麼辦呢？還差十五萬，跟展榮借嗎？」美蘭走在街頭，自言自語。她想了好久，終於跟展榮開口。

「展榮，可以跟你借十五萬嗎？」她拿起手機撥出。

「怎麼了？為什麼需要這麼多錢？」

「我生了怪病，醫藥費很貴。」

「好，什麼時候要？」

「明天可以嗎？」

「明天中午，吃飯時間我去領錢。」

「謝謝你。」

「這麼客氣幹嘛！妳的事就是我的事。」

「妳的樣子很憔悴，醫師怎麼說？」展業問。

「不知道，目前還在觀察期。」

「我不能時時刻刻在妳身旁，妳要好好照顧自己。」

「我知道，謝謝你。」

　　拿到錢的美蘭，當晚就去找雯靖買回春糖，也在接下來的一個月中過的很精彩，她認識更多的男人了，其中一個是中年的企業家，他跟美蘭的實際年齡差不多，風度翩翩、彬彬有禮、風趣幽默，雖然有點小腹，但英俊的樣貌還在，因此美蘭接受他的追求。

「玉婷，我想去墾丁渡假幾天，可以陪我去嗎？」

「可是，我們才認識沒幾天。」

「妳是個聰明的女孩，等妳考慮清楚了再找我。」

「給我點時間。」

「我要去南部玩幾天，可以嗎？」美蘭問她老公。

「跟男人去？」

「是同事們一起去。」

「好吧！別忘記回家的路，好好玩吧！」

「那我去整理行李了。」

七、出賣身體

企業家要的是美蘭的身體，美蘭要的是他的錢，兩人各取所需，一拍即合，兩人坐在咖啡廳的角落，靠窗的位置。

「說吧！妳想要什麼？」

「一間房子、兩千萬現金。」

「獅子大開口啊！」

「我只是想要保障，萬一你不喜歡我了，我要靠什麼？」

「好，我給妳三千萬，房子妳自己買，不過，妳要陪我三年。」

「好，我答應你。」

　　於是美蘭背著老公，經常跟企業家到處遊山玩水，當然，也跟他上床，兩人的感情雖然建立在金錢上，但企業家確實也很喜歡美蘭，非常疼愛她。不過好景不常，得意忘形的美蘭忘了回春糖的藥效只有一個月，這一天，當她要出門的時候，赫然發現自己變得更老了，她只好臨時取消行程，匆忙的到酒吧找雯靖。

　　「我不太舒服，明天再找你。」美蘭撥電話給企業家。

　　「要幫妳介紹醫師嗎？」

　　「不用，睡一覺就好了。」

　　「好，明天見。」

　　兩人就這樣，過了大半年的光陰，白天遊山玩水，晚上則是先激情再相擁而睡。美蘭的老公雖然知道她的外遇，卻不點破，因為此刻的美蘭，是那麼年輕貌美，自己卻已經是個中年大叔，她能快樂過日子就好了。

　　「美蘭，去照照鏡子吧！」美蘭的老公說。

　　「不用了，我知道是怎麼回事。」

　　「可是，妳的樣子…」他欲言又止。

「都說不用了，囉嗦什麼！」

「妳看妳，連脾氣都變壞了。」

「不要你管。」

美蘭氣沖沖的拎著包包，轉身就離開，也不管老公的呼喚，過沒多久，眼裡含著淚，獨自走在街頭，她找了一間小旅館住了進去，她再度看著自己，她驚覺自己已經吃了十次的回春糖，目前的樣子已經五十幾歲，要再吃嗎？企業家給的三千萬只剩下一千萬左右，頂多再吃三次就沒錢了。

「怎麼辦？只能再維持三個月了。」她看了存摺，自言自語的說。

「我是美蘭，今天的價格是多少？」她還是決定繼續吃，於是拿起手機撥給雯靖。

「三百萬。」

「給我三顆。」

「好，不過，一次只能吃一顆。」

「我知道。」

「千萬別多吃，否則會變很年輕，也會變很老。」

「嗯！謝謝妳的提醒。」

時間過得很快，三個月一下就過了，美蘭只好離開企業家，但她身邊的男人大多是平凡的人，再怎麼喜歡她也無法給她太多的錢，她現在只剩老公還沒開口。

「老公，你還有多少存款？」

「怎麼了？」

「我需要一百二十萬。」

「要這麼多錢做什麼？」

「我想投資咖啡廳。」

「我不贊成，現在這麼競爭，不賠本就不錯了。」

「好吧！那我就繼續當個小職員。」

「在台北開咖啡廳，沒有五百萬，是玩不起的。」

「不幫就不幫，別說那麼多了。」

美蘭把珠寶盒拿出來，一個祖母綠的墜子跟白金鍊子，頂多值二十萬，手指上的結婚鑽戒也只值十五萬，她只好把那些有錢人的名片全拿出來，一個又一個約吃飯，肯借錢或是給她錢的都只有一個目的，就是跟她上床，再不就是包養，但這個願意包養

的男人不算很有錢，他只願意拿出一百萬，期間是一年，美蘭只剩一小時就要打回原形，她為了回春糖，已經失去理智，竟然答應了。

八、一夜白頭

這次美蘭吃了回春糖後，她的第一個念頭是多找幾個有錢人，但即使她再美，這些有錢人也是有戒心的，她來不及讓這些有錢人真的喜歡上她就過了一個月，這下子，她必須面對殘酷的現實了，因為她再也買不起回春糖了。

「完了，來不及了。」美蘭坐在梳妝台前，眼睜睜看著自己的樣貌從二十歲的樣子逐漸變老，最終，她的頭髮全白了，除了臉上，手背上的皮膚也全是皺紋，看上去已經是個七十歲的老太婆，傷心欲絕的她，坐在那裡，熱淚從眼角流下，後悔當初吃下回春糖，更後悔這些日子的荒唐。

「美蘭？」她的老公站在她的後方，看著鏡子並用懷疑的語氣問。

「我是不是變得又老又醜？」

「不，妳在我心中，永遠是最美的。」他彎下腰抱住美蘭。

「我現在的樣子，跟你媽媽一樣老，已經配不上你，而且我這些日子跟許多男人上床，你為什麼還可以這麼鎮定？」

「因為我對妳的愛是真愛，我希望妳能夠快樂。」

「你怎麼這麼笨？我已經徹底放棄你了，你為什麼還能夠愛著我？」

「我剛剛說了，我對妳的愛是真愛，只要能讓妳快樂，我願意接受妳所做的一切。。」

「可是我現在的樣子，會讓你被人指指點點。」

「好，妳告訴我，為什麼妳會變這麼老？」

「因為回春糖會越吃越老，每吃一顆就會老一歲，我的樣子本來就像五十多歲，所以吃了一年左右，就變成現在的樣子了。」

「還有呢？」

「對了，雯靖曾經說過：千萬別多吃，否則會變很年輕，也會變很老。」

「所以我一次吃好幾顆，就會變得很老，是嗎？」

「應該是。」

「妳為了吃回春糖，把結婚戒指、最貴重的生日禮物：祖母綠項鍊都賣了，也跟展榮借了十五萬，還想跟我拿一百二十萬，對嗎？」

「沒錯。」

「值得嗎？」

「不值得，雖然我得到那些年輕男人的寵愛，可是，他們要的只是我的身體，根本不是愛。」

「陪妳去南部的企業家呢？」

「你怎麼知道的？」

「這是他的臉書，妳跟他之間的事都上網公開了。」他拿出手機，把企業家的臉書找了出來。

「他很疼我，本來也想娶我的，可是我已經無法再變年輕，所以我就跟他分開了。」

「還會羨慕有錢人嗎？」

「不會了，其實他沒什麼時間，每次見面都只是想要跟我做愛而已，他很少深入的關心我。」

「那我呢？妳覺得我關心妳嗎？」

「你自己心知肚明，又何必問。」

「假如我願意接受現在的妳，妳可以接受年老的我嗎？」

「你為什麼這麼傻？我已經是個老太婆了！」

「如果不能跟妳一起終老，那我活著有什麼意義？」

「沒想到，我這樣對你，你還是願意繼續愛我。」

　　美蘭跟她的老公緊緊擁抱對方，雙方都流下眼淚，但彼此卻都沒看見對方的樣子，但那已經不重要了，此刻的他們，是真心相愛的。

九、回春再變老

　　美蘭的老公獨自走進青春酒吧，選了吧台的單人座，他點了幾樣小菜，還有一杯特吉拉日出，橘色在底部、黃色在上的調酒，他正要舉杯，雯靖已經走到他身旁。

「很少男人會點這杯酒的。」雯靖說。

「那我應該點什麼？」

「伏特加萊姆。」

「為什麼？」

「冰、烈、鹹、酸。」

「聽起來不怎麼好喝？」

「喝看看，也許你會喜歡。」雯靖示意吧台調一杯。

「好啊！」他喝了一點，似乎不喜歡。

「如何？」

「還可以，可惜萊姆加太多，搶了酒味。」

「你很懂調酒？」

「沒有，年輕時什麼調酒都喝過幾次，現在老了，所以才點特吉拉日出，希望能看到一位有陽光氣息、熱情且清純的少女來解救我空虛的靈魂，沒想到，馬上就出現在眼前。」

「謝謝你的稱讚，只不過，我不年輕了。」

「喔！妳會比我老嗎？我已經五十歲了。」

「如果我說，我已經八十歲，你信嗎？」

「開玩笑的吧？！」

「是真的。」

「怎麼辦到的？」

「靠它。」雯靖拿出一顆回春糖高高舉起。

「這是什麼？」

「保持我青春美麗的回春糖。」

「這麼神奇？」

「你可以試試啊！」

「我要考慮考慮。」

「送你的。」

「這麼好？妳有什麼企圖？」

「沒什麼企圖，純粹想幫你找回青春。」

「吃一顆就能永遠有效嗎？」

「當然不是，每顆的效果只有一個月。」

「那怎麼行，萬一我忽然變老，不就嚇壞了女朋友。」

「你想怎樣？」

「準備五顆，才不用一直來找妳啊！」

「找我不好嗎？」

「我不是這個意思，我只是不想一直來酒吧，被女朋友知道了，會以為我是來鬼混的。」

「可是，回春糖的成本很貴，你一次要五顆，需要不少錢。」

「說說看，也許我包包裡的錢還夠。」

「第一次見面，五十萬就好。」

「五十萬換五個月的年輕樣貌，很合理。」

「這麼說，你想變回年輕的樣子？」

「是啊！年輕很好，要交女朋友很容易，那像現在的我，又老又胖，那些女孩連一眼都不看我了。」

「你很有自知之明嘛！」

「妳點一下。」美蘭的老公從背包裡拿出五疊鈔票。

「不必了，我相信你。」雯靖則交給他五顆回春糖。

「以後還需要回春糖的話，要怎麼聯絡？」

「這是我的名片，怎麼稱呼？」

「楊天志。」他也遞了名片。

「對了，一次只能吃一顆，變回原來的樣子後才能再吃。」

「不然呢？」

「吃太多的話，幾天後就會變成老頭。」

「這麼可怕？」

「只要每次只吃一顆就不會。」

「一次一顆，沒問題。」

十、真愛無價

楊天志回到家後，拿出五顆回春糖，把包裝紙打開，五顆糖放在左手掌心，仔細端詳了一會，然後把糖全部放入口中。

「啊～～～」楊天志開始大叫，表情非常痛苦，楊天志昏倒了。

當他醒來的時候，才想起雯靖的話。

「吃太多的話，幾天後就會變成老頭。」

五天後，楊天志的身體出現劇烈的變化，短短幾分鐘，就變成五十歲的樣子，他坐在梳妝台前看著自己慢慢老去，直到白髮蒼蒼，滿臉皺紋。

「美蘭，現在，妳不用擔心我的年齡跟妳差很多了。」

「老公，我愛你。」

「我也愛妳。」兩人緊緊擁抱對方。

「我們去看夕陽，好嗎？」

「好啊！去那裡看？」

「當然是淡水啊！我們第一次牽手、接吻的地方。」

「好啊！」

　　淡水的金色水岸，兩人在夕陽下牽手、接吻，當然，還有許多情侶、夫妻也正牽手或是接吻。

暗巷陰陽戀

文：嘉安

一、狠毒郎心

　　麗虹是個長相清秀甜美的女孩，個性內向，渴望愛情的她，有一個追求者：文彬，他是個街頭小混混，但他也不是一無是處，外表俊俏的他，幽默風趣，平常喜歡看一些不同類型的雜誌，所以他知道許多時事，也懂得如何取悅麗虹，更清楚女孩的心理，因為他總是熟讀這樣的文章，並拿來實際應用，麗虹就是他的實驗對象之一，萬一追上了，麗虹是個好女孩，他賺到，萬一沒有成功，也沒什麼損失。

　　但麗虹有個潛在的情敵，她是黑社會大哥鐵雄的妹妹：潔怡，是文彬的國中同學，兩人的家離很近，所以經常碰面，不過因為鐵雄的關係，文彬始終不敢接受潔怡，深怕萬一自己對潔怡不忠，那天要橫屍街頭。

　　當文彬跟麗虹的關係越來越親密，潔怡的嫉妒心就越來越重，可是她還是只能遠遠地看著自己喜歡的人，最糟的是他懷裡並不是自己，而是別人。她開始蒐集文彬現在的弱點，於是派出幾個小弟跟蹤文彬。

　　「有什麼進展？」潔怡問小弟。

　　「沒有，還是一樣，混撞球間、泡沫紅茶店。」

「你呢？」潔怡問另一個小弟。

「他偶爾會到鐵雄哥的賭場。」

「輸錢還是贏錢？」

「應該是輸錢。」

潔怡思考了一會，腦海中的畫面是派人借文彬錢，最後文彬還不出來，由鐵雄出面，逼文彬跟自己在一起，一想到這裡，潔怡邪惡的眼神與冷冷地笑容，讓兩個小弟非常害怕，因為鐵雄雖然是大哥，但至少光明正大，沒想到潔怡卻是非常陰毒。

「他有沒有找人借錢？」

「有，不過鐵雄哥說他沒工作，不可以借他。」

「這裡兩萬，你拿去借他，說利息照規矩付。」潔怡從抽屜裡拿出一疊鈔票遞了出去。

「可是，鐵雄哥說不可以借。」

「你如果辦好這件事，我一定在哥哥面前幫你說好話。」

「這，好吧！萬一出事，妳可以要負責。」

「放心，我哥最疼我了。」

　　文彬一頭栽進潔怡的陷阱，越借越多，本票一張又一張的簽，終於到了潔怡收網的時刻。

　　「文彬，你已經借了三十萬，連本帶利已經八十萬，什麼時候要還？」

　　「猴哥，再給我一次機會，我如果贏錢，馬上還。」

　　「不行，給你三天，不然就抄你的家。」

　　「千萬別這麼做，我爸爸身體不好，受不了刺激。」

　　「我不管，自己想辦法，不然鐵雄哥就會派人去敲門。」

　　心急如焚的文彬，知道麗虹有一些首飾，還有積蓄，歪腦筋動到她頭上了。

　　「麗虹，我想要開一間咖啡廳，不過需要很多錢，不知道你能不能幫我？」文彬問。

　　「差多少？」麗虹問。

　　「五十萬。」

　　「我沒這麼多，只有十二萬，最多可以借你五萬。」

　　文彬拿著五萬元去付利息，但他這下才知道麻煩了。

「猴哥，我只湊到五萬。」

「那怎麼行？帶進去，好好招呼。」說是招呼，其實是毒打一頓，不過他們下手還是有分寸的，因為只是演戲。

「住手。」潔怡大喊。

「怡姊。」猴哥低頭說。

「他怎麼了？」潔怡問。

「他借了三十萬，利滾利，已經變成八十萬。」

「文彬，你闖的禍可不小啊！」潔怡說。

「潔怡，看在我們是同學的份上，麻煩妳跟鐵雄哥幫我求情。」

「那怎麼行？哥的生意我可管不著，他最痛恨那些沒信用的人。」潔怡背對著文彬。

「如果，如果我答應跟妳在一起呢？」

「什麼？」潔怡假裝沒聽到。

「如果我跟妳在一起，我就是鐵雄哥的妹夫了，這筆帳是不是可以不用還了？」

「你不是跟麗虹那賤人在一起？」

「妳知道？」

「我可不是瞎子。」

「妳想對她怎樣？」

「死到臨頭還想保住她？給你一個機會，把她帶來這裡，然後跟我在一起，我就幫你處理這筆錢。」

「當真？」

「不然呢？我叫鐵雄的小弟去你家搬東西，那太累了。」

「好，今晚八點，我會帶麗虹過來。」

單純的麗虹，傻乎乎地跟著文彬，來到潔怡指定的空房子，以為是要開咖啡廳的房子，此時五個渾身刺青的壯漢出現，潔怡走在他們前面，用右手食指示意文彬到她身邊，麗虹傻了，但她不知道恐怖的事還在後面，她被五個壯漢輪姦，淒厲的叫聲，卻換來文彬的冷眼旁觀和無動於衷，還有潔怡那陰森詭異的冷笑。

二、冤魂

身心俱疲的麗虹，沒想到會被自己的愛人出賣，一想到這裡，她下定決心要尋死。她從父親的倉庫裡找到了農藥，裝滿了保特瓶，然後開始哭泣，不知不覺中，便又走到那個傷心地，她被強姦的那間房子外，那是一條小巷，晚上的巷子非常冷清，除了矮牆上的黑貓，冷冷地看著她，就沒有別人了，街燈將她的影子照得長長的，忽然間，麗虹轉開瓶蓋，一口氣就將 2000cc 的農藥灌入肚中，這麼大量且未經稀釋的農藥，非常致命，除了喉嚨難受，更是腹痛如絞，她一手抓著喉嚨，一手壓著肚子，倒在地上，只有黑貓看到這一幕，它走到麗虹身旁，喵～喵～地兩聲，抬頭望著靈魂離開身體的麗虹，接著就跳上牆，好奇地跟著靈魂走來走去。

離開身體的靈魂，轉來轉去，卻始終無法離開巷子，最終她停了下來，回到自己的身體前，看著蜷曲的自己，開始大哭。

「為什麼？」麗虹大聲咆哮著，不過沒人聽得到，因為她已經死了。

黑貓又喵～喵～地兩聲，但麗虹沒理它，開始瘋狂地來回，可是這巷子彷彿有隱形的障礙，每次她到了巷口就無法再前進，巷子的另一頭也是，只有那間可怕的空屋為她開門，再度進入空

屋的她，觸景傷情，再度哭泣，一股怨氣就在那些可怕的回憶中形成。

麗虹開始回想那五個壯漢的長相、刺青，以及潔怡的樣子，她發誓，一定要讓這些人得到報應，不過她沒辦法離開這裡，這是最大的問題。

三、色誘

急於報仇的麗虹，怨氣越來越重，因為她無法離開巷子，白天只能回到曾經受害的屋內，躲避太陽，夜晚出來巷子裡，不過，她始終等不到任何人，因為在她自殺之後，消息傳遍鄰里，附近的人都知道那隻黑貓在喵喵叫時，麗虹就在那裡活動，所以晚上的巷子裡，始終冷冷清清。

但也不是所有人都知道這件事，一個五十歲左右的男人，跟老婆大吵一架之後，跑到酒吧裡喝悶酒，迷迷糊糊的闖進巷子裡，手裡還拿著半瓶酒，渾身酒味，滿臉通紅。

「有什麼了不起，這世上的女人多的是，有一半是女人，幾十億呢！我就不信，找不到一個比妳好的。」醉漢自言自語，忽然間麗虹出現了。

「妳叫什麼名字？好美。」醉漢都快站不住了，搖搖晃晃的問。

「你覺得我很美？」

「當然，妳不覺得自己美嗎？」醉漢口齒不太清楚，說話速度也很慢。

「跟老婆吵架了？」

「妳怎麼知道？」

「看你的樣子就知道了。」麗虹冷冷的回答。

「可以陪我喝兩杯嗎？我心情很差。」

「這裡不方便，到我家喝吧！」麗虹指著空屋。

「走吧！」醉漢踉蹌的步伐，跟著麗虹進了屋子。

進屋後，麗虹有意無意的碰觸醉漢的身體，並讓他看到自己半露的酥胸，醉漢已經神智不清，以為麗虹是剛剛酒吧裡的妓女，於是開始毛手毛腳，麗虹也配合他，全身赤裸站在醉漢面前，醉漢立即撲了上去。

在醉漢氣力用盡之後，麗虹開始吸取他的陽氣，醉漢的臉色越來越難看，臉蛋也越來越凹陷，皺紋的變化，才幾分鐘就從四

十歲左右變成七十歲的樣子，並急速變成更老更多皺紋，接著便斷氣了，只見麗虹臉上的綠色越來越淺，變得紅潤許多。麗虹吸取陽氣之後，發覺自己能量增加不少，活動力也強了許多，也開啟了她獵殺好色男人的旅程。

　　她開始利用黑貓會喵喵叫的特性，吸引男人進到巷子的範圍，

　　「好可愛的黑貓。」一個年輕男人說。

　　「真的嗎？」麗虹無聲無習地，悄悄來到他的後面。

　　「是妳的貓嗎？」

　　「不是，它喜歡我，所以只要我出現，它就會叫。」

　　「原來如此，小姐，這麼晚了，妳怎麼還在外面？」

　　「我聽到貓叫，以為發生什麼事了，趕緊出來看看。」

　　「妳不怕壞人嗎？」

　　「你是壞人嗎？」

　　「看妳怎麼定義？」

　　「我好無聊，可以到我家陪我聊天嗎？」麗虹說完，故意把手中的絲巾掉在地上，露出部份的胸部，讓年輕人看到，年輕人看到之後，色慾薰心，立即答應。

「好啊！反正我也很閒。」

他的下場跟醉漢一樣，變老之後斷氣而亡。

「小吳跑那去了？」潔怡問。

「不知道！」

「打電話啊！」

「是！」

於是電話一直響、一直響，最後終於沒電了，潔怡請手下找了警察的朋友，循線找到了小吳，就是被麗虹吸乾的年輕人。

「怡姊，人找到了，死在巷子裡的空屋內。」

「你是說，那間空屋？」

「對，旁邊還有另一具屍體，兩具屍體看起來都像九十歲的老人。」

「你說小吳也像老人？」

「沒錯。」

「你確定是他？」

「是他沒錯，紋身、牙齒、傷疤位置都正確。」

「這麼奇怪？」

「我看還是別追查下去，這件事很邪門。」

「行了，就讓警察去頭痛吧！」

四、怨氣衝天

因為麗虹發現吸取男人的陽氣可以得到能量，所以她就更加積極的利用黑貓的叫聲，來吸引好色的男人。

「這貓怎麼一直叫呢？」男人邊說，卻色瞇瞇地望著麗虹的酥胸。

「不知道，也許是思春吧？」麗虹再度用老招，在男人面前彎下腰，讓胸部露得更多。

「這麼晚了，妳怎麼還在外面？」

「我就住這裡，出來透透氣，現在要回去了。」

「我可以跟妳做朋友嗎？」

「可以啊！要不要進屋喝杯咖啡？」麗虹說完，頭也不回的就走進屋裡，男人跟在後面約五步的距離。

　　「喝咖啡？好啊！咖啡很香的。」男人邊回答，邊幻想等等的畫面，他認為是豔遇，但只猜對一半，另一半是他沒想到的。

　　「來，喝看看，藍山咖啡。」麗虹遞給男人後，躺在貴妃椅上，露出雪白的大腿，男人這還受得了嗎？咖啡沒喝就馬上撲了過去，麗虹也任他親吻，當然，男人的下場跟前兩個死者一樣，變老之後斷氣而亡。

　　「我要報案。」一個年約四十歲的女人在派出所說。

　　「什麼事？」警察問。

　　「我老公失蹤了。」

　　「多久了？」

　　「三天。」

　　「最後一次出門，正確的時間？」

　　「三天前的晚上九點五十，說走路去買宵夜，然後就沒回家。」

　　「知道去那裡買嗎？」

　　「知道，不過店家說沒去。」

　　「會不會跟別的女人跑了？」

「絕不可能，他又老又胖，衣服破破爛爛，穿著藍白拖出門，而且只帶兩百元，怎麼可能跟別的女人跑了。」

「好，妳把妳家到那家店的路線圖畫出來，我們會盡力找到他的，有照片嗎？」

「有，在這裡。」

「是他？」

「你見過？」

「國強，帶她去殯儀館認屍。」

「是。」一位警察回答。

「他死了？」女人問。

「可能，這禿頭的樣子跟痣的位置相同。」

「走吧！女士。」國強說。

「是不是？」殯儀館裡，國強問報案的女人。

「很像，可是他沒這麼老啊？」

「最近有六個男人，都類似這樣的死法，明明很年輕，死的時候卻像是老人。」

「所以我老公是第七個？」

「是的，而且死在同一間屋裡。」

「我知道了，我看一下背部，才能確定是不是他。」國強跟另一個人把屍體翻到背面，上面有一個玄武的刺青，刺青旁邊有一個斑。

「是他沒錯。」女人冷冷的說。

「好，妳節哀順變，在這裡簽名。」國強拿出一張表格。

「你們要解剖？」

「對，因為不是正常死亡，看起來像是兇殺案。」

「好，一切就麻煩你了，這是我的電話，有消息再告訴我。」女人遞了一張名片就離開了。

「所長，是他老公沒錯，不過她似乎很淡定。」派出所裡，國強說。

「別管那麼多，現在最重要的是破案，再有人死在那屋裡的話，我們都別混了，一定被調職，還可能記過。」

「那怎麼辦？」

「你去那屋子外面，白天跟晚上各拍一張照片，傳給這個人。」所長指著手機裡的一個名字。

「那個神棍？你確定？」國強懷疑的眼神看著所長。

「他不是神棍，他是大師，被世人所誤解而已。」

「好吧！我現在就去拍。」

「晚上的照片裡，有一股強大的怨氣，還有七個怨靈。」電話裡，大師跟所長說。

「你是說，有七個人死了？」

「是一女七男。」大師閉上雙眼，靈魂出竅到現場看了一眼然後跟所長說。

「你什麼時候可以過來處理？」所長聽完，心裡有數了，但他也無能為力。

「還要八個月。」

「要這麼久？」

「沒辦法，別的地方也需要我。」

「好，我們保持聯絡。」

五、意外的相遇

　　一對年輕的男女正在吵架，他們之間的愛情已經走到盡頭，什麼小事都被無限放大，拿來當成吵架的藉口，尤其是這女人，她已經接近歇斯底里，瘋狂且大聲罵著男人。

　　「你這個廢物，不，你比廢物還不如，廢物還可以回收利用，你除了浪費糧食，也浪費我的口水罵你，我再也不想看到你。」

　　「為什麼？妳怎麼會變成這樣？我們以前很快樂的。」

　　「快樂？你這麼沒出息，知道我的朋友們怎麼笑我的？」

　　經過幾個小時的口水戰，女人非常不高興的把男人給轟出門。

　　「滾～現在就把你的東西全搬走。」女人咆哮著。

　　「好，我走。」

　　男人收拾好衣物，離開這曾經甜蜜的窩，拉著行李箱，低著頭，流著淚，漫無目的走在街上，不知不覺中走到麗虹殺人的巷子口，黑貓依舊喵喵地叫，男人看了黑貓一眼。

　　「你餓了嗎？」男人拿出一罐貓食，擺在黑貓前面，黑貓立即吃了起來，男人則靜靜地看著黑貓，沒注意到麗虹已經悄悄在他身後出現。

「你在看什麼？」麗虹問。

「我在餵貓。」男人雖然嚇一跳，但還算鎮靜地回頭看著麗虹。

「你喜歡貓？」麗虹問。

「養過一隻花貓。」男人繼續看著黑貓吃東西，似乎對麗虹沒興趣。

「要不要到我家坐坐，我也很喜歡貓。」

「不了，已經很晚，妳應該回家休息了。」

「真的不要。」麗虹還是使用同一招，彎腰露出半個酥胸，不過男人並未盯著看，反而轉頭看著黑貓。

「我該走了，祝妳有個好夢。」

「真的不能留下來陪我？」

「小姐，妳我初次相遇，這樣不太恰當。」無論麗虹怎麼說，男人就是不願意跟她回家，無奈之下，男人留下一句話，讓麗虹心軟，暫時放他一馬。

「如果有緣，我們一定會再見的。」

「這麼晚了，你要去那裡？」

「我自有辦法，不用妳操心，再見。」

「再見。」麗虹看著男人的身影漸漸遠去，這是她放過的第一個男人。

六、夜夜相見

　　由於巷子裡連續死了八個人，包括麗虹，所以租房子的人紛紛搬走，為了能繼續收租，幾個房東不約而同的降低了房租，也吸引了麗虹放過的那個男人來此租屋。

「你好，請問是不是有房子要出租？」男人打了電話問道，電話那頭是個女人。

「是的，要看房了嗎？什麼時候過來。」

「我已經在樓下。」

「等我一下。」

「這間房子雖然比較舊了，可是很寬敞，租金也很便宜。」

「嗯！我很喜歡。」他看了看之後說。

「那我們就簽租約吧！你想租多久？」

「先簽兩年好了。」

「好，我們去便利商店簽，順便影印你的身份證。」

男人在便利商店拿出了身份證，房東看了之後，便印了一份保留起來，她不是怕房客跑了，而是怕他死在巷子裡，這影印本是要給警察用的。

這個男人的姓名是陳必成，今年二十六歲，他很快就開始整理房子，接著就搬了簡單的衣物，其他的傢俱，舊房客幾乎都留著，一方面是急著搬走，另一方面是已經舊了，但陳必成不在乎，能夠擋風遮雨就可以，現在的他，為情所困，只想有個地方可以棲身，其他的都是其次。

「是你，我們又見面了。」麗虹在巷子裡。

「是啊！我今天才剛搬來這裡。」陳必成提著便當說。

「那以後我們就是鄰居了。」

「我肚子餓了，先吃飯要緊，改天再聊。」

這是麗虹第二次放過他，彷彿他們之間，有一種特別的緣份，只是說不上來。

「又餵貓？」麗虹再度悄悄靠近陳必成。

「對啊！它好像很喜歡我。」

「東西都整理好了嗎？」

「沒多少行李，早就好了。」

「那今天有空陪我聊天了嗎？」

「我們現在不就在聊天？」

「人家說的是到我家裡泡咖啡聊天。」

「不太方便，我們還沒那麼熟吧？在這裡聊不是一樣？」

「聊了就熟了啊！」麗虹還是有意無意的露出胸部，企圖色誘他。

「小姐，妳穿成這樣，不怕遇到色狼嗎？」

「你注意到了？」

「之前就想告訴妳，又怕妳誤會，所以等到今天才說。」

「我的身材不錯吧？！」

「很好。」

「想不想看清楚一點？」

「不想，我還有事，該走了。」

「好吧！再見。」麗虹又一次放過陳必成，她心想，這個男人不同，也許不該死，就先饒了他。

之後的每天晚上，陳必成都會餵那隻黑貓，麗虹不死心，照樣天天色誘他，不過陳必成還未走出情傷，根本沒心情理會麗虹，餵貓是因為他跟前女友也養貓，在餵貓的過程中，他可以回想過去那段甜蜜的時光，慰藉自己空虛的心靈。

七、愛苗滋長

即使麗虹天天色誘陳必成，但陳必成只是用關心的態度去面對，而不是想要佔有她的身體，這讓麗虹的態度逐漸轉變，她喜歡上陳必成了。

「認識這麼久，還不知道你的名字。」麗虹依舊在陳必成餵貓時，出現在他的身後。

「陳必成，可惜我到現在一事無成，我的父親給我這個名字，希望我有一天能夠成功，不過還沒如願，妳呢？妳的名字是？」

「麗虹，美麗的彩虹，可惜彩虹是很短暫的。」

「別這麼想，正因為彩虹很短暫，人們才會在它出現的時候用心觀賞它的美麗，甚至拍照或是畫畫，想要將它永遠留住，這也證明人們是非常喜歡彩虹的。」

「聽你這麼說，我的心情好多了。」

「妳看，我們在這裡一邊餵貓，一邊聊天還是很棒的，不一定進屋裡喝咖啡。」

「我煮的咖啡很香，難道你不想嚐看看？」

「改天吧！一定有機會的。」

今天的麗虹沒有色誘他，反而穿得很保守，因為她已經對陳必成動心了。

麗虹悄悄跟在後面，看著陳必成走進屋裡，她趁機溜了進去，陳必成在浴室洗澡，麗虹開始對屋內的東西逐一觀察，書桌上一本相簿，她好奇地翻閱，是陳必成跟前女友的一些照片，不知怎麼地，麗虹居然吃醋了，本想把相簿毀了，但她沒有，因為浴室裡的陳必成正大聲哭泣。

「為什麼？為什麼妳要離開我。」哭泣聲、淋浴聲、說話聲全混在一起。

麗虹這下明白，陳必成是個癡情種，難怪對自己沒興趣，她悄悄離開屋子，也開始想辦法讓陳必成走出情傷。

「今天怎麼不餵貓？」今天的陳必成只是癡癡望著貓，麗虹一如往昔出現身後。

「它不吃。」

「怎麼了嗎？」

「應該是生病了，我正想辦法讓它下來，準備抱它去獸醫那。」

「我來吧！」只見麗虹一伸手，黑貓便自動跳到她手上，麗虹順勢把貓送到陳必成懷裡。

「麗虹，要一起去嗎？」

「不了，你去就行了。」其實麗虹只是因為之前都無法離開巷子，她不想被陳必成發現罷了。

「那我走了。」陳必成抱著黑貓，在街燈下，長長的影子，麗虹悄悄跟在後面，但這次她沒有被擋住，居然可以離開，雖然很意外，不過她卻很高興，終於可以離開巷子。離開之後，麗虹緊緊跟在陳必成後面，她似乎已經明白，是陳必成的關係，她才能離開的。

回程的時候，麗虹停在巷口，正在猶豫是否要回到巷子裡，回去了，能否再走出巷子呢？不料卻被一股強大的能量吸進巷子之中，然後停在陳必成身後，這下她確定了，陳必成就是她可以離開巷子的關鍵。

「你回來啦！」麗虹等陳必成把貓放上牆之後才出現。

「這麼晚了，還沒睡啊？」陳必成看著貓，沒看麗虹，彷彿知道麗虹就在後面。

「貓怎麼了？」

「沒事了，妳看它現在不是正在吃東西。」

「它吃了，我還沒吃呢！」

「那就快去吃啊！還等什麼？」

『等你回來啊！人家擔心你呀！』

「謝謝妳的關心」

「可惜我很累了，不然就去妳家喝咖啡。」

「真的嗎？」

「當然，改天吧！今天真的太累了。」

「不能食言喔！」

「絕不會的，晚安。」

「晚安。」經過漫長的努力過程，陳必成終於接受了麗虹，答應了喝咖啡的事。

八、人鬼戀

「妳家好大，只有妳一個人住嗎？」陳必成站在客廳中間，望著幾乎沒有盡頭的走道。

「那是你的錯覺，只有三個房間而已。」

「真的嗎？」他的懷疑沒錯，是麗虹忘了把法術除去。

「來，我一間一間打開給你看。」

「不用了，我們還是在客廳喝咖啡就好了。」

「你到現在還是怕我吃了你？」

「不，我只是…」陳必成欲言又止。

「不說就算了。」

「我只是希望我們能夠多了解對方，不要一下子就投入太多的情感，萬一不合適，也不會造成對方的傷害。」

「聽你這麼說，你是不是曾經被傷的很重？」

「實不相瞞，我就是因為跟女朋友分手，才搬過來的。」

「我猜也是，你剛搬來的時候，常常魂不守舍的。」

「有這麼明顯？」

「沒錯，只要不是瞎子，都看得出來。」

「這麼糟？那妳還一直色誘我？」

「有這麼明顯？」

「沒錯，只要不是瞎子，都看得出來妳在色誘我，只不過我當時沒有心情理妳。」陳必成學麗虹講話。

「原來你知道，我本來以為你是同性戀，不愛女人呢！」

「才不是，如果男人喜歡我，我會拿把剪刀，把他那裡給剪了，反正他已經用不上了。」

「哈～～～你真的會剪嗎？」

「當然，以前遇過一個，我直接賞他命根子一腳，痛得他求爺爺告奶奶的，從此看到我就像看到鬼，跑得比誰都快。」

「沒想到你這麼斯文，卻這麼狠。」

「不狠一點，就小菊花不保，說不定還會得愛滋病。」

「說的也是，我去泡咖啡，你坐一會。」

「好香啊！」

「這是牙買加藍山咖啡，酸、苦、甘、醇完美融合，不是那種到處都是，冒充的藍山咖啡。」

「妳倒是很有研究。」

「喜歡喝咖啡，所以就稍微研究一下而已。」

「好喝，沒想到不加糖的黑咖啡，可以這麼棒。」

「早就約你喝，結果拖延到現在。」

「妳聽過緣份嗎？我一直覺得，緣份非常重要。」

「然後呢？」

「妳我住在同一條巷子，但我總是遇見妳，卻遇不上其他的鄰居，這是第一個緣份，那隻黑貓，是妳我聊天的媒介，這是第二個緣份，我本來很討厭喝黑咖啡的，沒想到被妳泡的牙買加藍山咖啡給征服，這是第三個緣份。」

「所以今夜是緣份已到？」

「沒錯。」

「以後你就可以直接敲門找我了。」

「不好，我們還是照老規矩，到黑貓那裡聊天，如果有空，再喝咖啡。」

「那就一言為定了。」

日子就這麼一天天過去，兩人也越來越熟悉，開始聊些天南地北，麗虹對他的愛與日俱增，晚上也不再出來吸取男人的陽氣，也就是說她的怨氣漸漸減少，當然，這也使得偵辦命案的警察完全摸不著頭緒，沒有更多進度。

「麗虹，我現在認真的問妳，請妳想清楚了再回答我，可以嗎？」陳必成一面餵貓一面問。

「有什麼事，你就說吧！」

「妳是不是真的喜歡我？」

「當然是真的。」

「好，那我們開始約會，妳覺得如何？」

「真的嗎？不要騙我喔！」麗虹非常開心看著陳必成的雙眼，那篤定的眼神彷彿有股電流散發出來。

「妳說呢？」陳必成牽著麗虹的手，走向巷子口，這次麗虹沒有拒絕，說什麼也要出去逛逛。

「當然好啊！」有了上次的經驗，麗虹非常清楚，陳必成就是能夠帶她離開的人。

　　兩人開始約會，但麗虹知道自己是鬼，所以她從來不進餐廳、電影院等人多的地方，反而都是選一些偏僻無人之處，這樣她的身份才不會曝光。

九、真愛

　　他們今天到了一個無人的海邊，此時已是晚上十點，沒有路燈，也沒有月光，但滿天的星星非常漂亮，兩人坐在海堤上吹著海風，互相依偎著，。

　　「喜歡星星嗎？」陳必成問。

　　「喜歡，我從未一次看到這麼多的星星。」

　　「今天是農曆初一，所以才能看到這麼多。」

　　「你看。」麗虹比著遠方的流星。

　　「許願了嗎？」

　　「沒有。」麗虹有些失望。

　　「沒關係，等等應該還有機會看到。」

　　「你怎麼知道的？」

「現在是英仙座流星雨的季節，每小時十個至六十個，我是特地帶妳來看的。」

「真的耶，你看。」

「別顧著看，要記得許願啊！」

「又忘了。」

「那就別說話，專心等啊！」

「好。」

果然在午夜時分，他們看到了數十顆流星，也都如願以償，分別許了願。

「你許了什麼願？」麗虹問。

「不能說，說了會不靈。」

「那我許的願也不能說嗎？」

「當然啊！」

「可是我很想告訴你！」

「千萬別說出來。」陳必成摟著她的腰並且給她深深一吻。

「有件事我想告訴你。」麗虹突然間從陶醉的表情變為凝重。

「怎麼了？表情這麼嚴肅。」

「我說了，你可能就不會愛我了。」

「不管妳變成什麼樣子，很胖、很瘦、又老、皺紋又多，不論妳是生是死，是人是鬼，我還是愛妳。」

「如果我是鬼，你也一樣愛我？」

「當然。」

「好，你聽清楚了，我確實是鬼，而且還害死過七個人。」

「我知道，從妳色誘我那一刻，我就知道妳是鬼了。」

「你早就知道了？為什麼？」

「街燈下，我跟黑貓都有影子，但妳沒有。」

「你明知道我是鬼，還跟我談戀愛？」麗虹非常驚訝。

「是。」

「你怎麼知道我還害死過七個人？」

「是報紙，上面有妳家外面的照片。」

「你為什麼不揭穿我？」

「因為我已經深深愛上妳了。」

「沒想到，在你知情的狀況下，我們居然可以走到現在這個地步。」

「我自己也沒想到，一開始，我只是關心妳，但我發現，我越來越喜歡妳，然後，就愛上妳了。」

「你不怕我是鬼，會要你的命？」

「妳不會的，我每次餵貓，妳都有機會，可是妳沒有。」

「沒錯，那些男人，看到我就只想跟我上床，可是你不一樣，你不止關心我，而且還願意聽我的心事。」

「很晚了，我們走吧！天亮了就不好。」

「你知道我不能曬太陽？」

「沒錯，有一天，我在中午想找妳，發現妳家的門把滿是灰塵，那一刻，我確定妳就是女鬼，而不是人。」

「你明知道還跟我在一起？你怎麼這麼傻。」

「不，我不傻，我是真心的。」

回程的路上，麗虹在機車後座，緊緊抱著陳必成，她彷彿知道，兩人的緣份將盡。

十、再續前緣

派出所裡，所長跟道士正在聊天。

「大師，你總算來了。」

「我說過，八個月後會來，不是嗎？」

「說也奇怪，這八個月，沒有再死人了。」

「這是秘密，你不必知道。」

「那怨氣呢？」

「只剩三成。」

「你打算怎麼辦？」

「放心，今夜過後，怨氣全失。」

陳必成一如往常的餵貓，但今天麗虹並未出現，因為大師在她的家門口，攔住了她。

「你是誰？為什麼攔住我。」

「妳是麗虹，對嗎？」

「是又怎樣？」

「妳為什麼不去投胎？」

「要你管？」

「我問妳，妳愛現在這個男人嗎？」

「不知道你在說什麼？」

「巷子裡那個餵貓的男人啊！」

「必成？他怎麼了？」

「他的陽氣只剩不到一半，再減三成，必死無疑。」

「那怎麼辦？」

「妳去投胎，其他的我幫妳處理。」

麗虹娓娓道來她的可憐經歷，一把鼻涕一把淚，她知道她必須走了，可是終究捨不得必成。

「我想再見他一面。」

「可以，不過，妳最多只能抱抱他，絕不能有肉體關係，否則他會立即暴斃。」

「這麼嚴重？」

「妳不相信？」

「我信。」

「去吧！」

「妳今天比較晚。」必成看著沒影子的麗虹，淡定的說。

「有事忙啊！」

「貓餵完了，我們去走走吧！」

「不了，我只想抱著你。」麗虹說完便衝向必成，並緊緊抱著他。

「怎麼了？」

「沒事，什麼都別說。」麗虹就這樣抱了他一晚，直到黎明的到來。

「麗虹？」陳必成忽然意識到她不見了。

「麗虹？」陳必成大聲呼喚，但她已經走了。

「不必叫了，她已經去投胎了。」大師忽然出現身後。

「麗虹去投胎了？」陳必成疑惑的看著他。

「沒錯，你聽我說吧！」

　　大師把事情說得清清楚楚，陳必成也放下了，因為這本來就不該發生，但後來他不願意相信麗虹已經走了，於是，這一住就是十六年。

　　十六年後，一個翹家女孩在黑夜裡走進巷子，一群男人準備調戲她，衣服都被撕破了一角，陳必成從黑暗中，手持鋁棒冒了出來，並大喊：住手！這群男人見狀便一哄而散，陳必成扶起已經被推倒在地上的女孩，仔細一看，女孩的樣子竟然跟麗虹一模一樣。

　　「麗虹？」陳必成一臉納悶的看著她。

真愛無價

忌憶藥丸

文：倪小恩

一

　　悲傷的事情真的能夠完完全全的被抹滅掉嗎？

　　人們若走不出痛苦，會傷心、會流淚、會墮落、會自殘、會想逃避，甚至嚴重的話會自我了斷結束生命。

　　如果世界上有一種藥物，可以將那些痛苦的事情忘得一乾二淨，那該有多好？

　　昏暗的空間內，電視螢幕閃爍出光，上頭正在播放著一則新聞。

　　女主播字正腔圓的字語一一的傳出，名字叫佳怡的女子正凝視著電視機裡的畫面，她異常的專注，剛剛哭紅的雙眼一動也不動的直盯著電視螢幕，咬著手指將新聞內容一字不漏的聽進去。

　　此刻新聞正播報國家某間生物科技公司研發出一種藥物，這藥物已經上市一年多了，藥物的名字叫做忌憶藥丸，顧名思義是『禁忌的記憶』。

　　這忌憶藥丸可以將人們最痛苦的事情給全然忘記，當藥物吃進肚子中後，會釋放出一種成分，這種成分會自行判定腦中至深痛苦的一件事情，而後將有關這件事情的記憶分解掉。

忌憶藥丸

　　唯一的缺點是這藥物只能忘記一件事情而已，因此若這個人痛苦的事情有兩件以上的話，藥物會自行判斷哪件事情是最痛苦的，痛苦是比較出來的，而且根據臨床實驗結果顯示，每個人只能食用一次，食用第二次沒有效果，就跟市面上很多保健食品一樣，多時無效，適量即可。因此這份藥物只能消除最痛苦的記憶，次等痛苦的記憶不會被刪除。

　　這則新聞結束後，很快地就播報下一則對佳怡她來說沒有任何吸引力的新聞，她擦拭著臉上的淚痕，腦袋只休息三秒鐘，便拿出手機查詢有關於這藥物的文章。

　　兩個星期前，佳怡與她相愛多年的男朋友分手，男友背對著她偷吃一位女同事，偷吃還不忘記擦嘴，被她不小心看到一些偷情照片後，最後直接被她在租屋處的床上捉姦，當下，佳怡氣急敗壞的說要分手並要他滾蛋，男人滾後，她開始在房間摔東西，摔壞了好多東西也丟掉了好多東西。

　　這兩個星期的時間，她只要想到彼此間曾經有的回憶便會痛哭，悲傷止不住，那雙眼睛被她哭紅了，也腫了，她食不下嚥，睡不著覺，每天都過得像喪屍一樣，公司也請假了兩個星期，她眼淚不停的流，明明知道這種渣男分手了最好，可是她的眼淚就是停不下來，止也止不住，唯一慶幸的是她有在補充水分，至少沒有哭到脫水。

真愛無價

　　佳怡與男友交往了將近七年的時間，從大學開始愛情長跑到現在，雙方的父母都很滿意對方，甚至最近有結婚的打算，就連拍婚紗的地點也都規劃好了。

　　可是那男人怎麼可以這樣子對她？他怎麼可以背叛她？

　　手機上面顯示著這藥物的價格，佳怡看到時愣住了，一顆小小藥丸竟然要價十萬元整，這種天價般的價格讓她不禁倒抽一口氣，倘若她真的花了這十萬元，這樣真的划得來嗎？

　　她繼續看了上面的說明，它說會忘記有關於這件痛苦事的所有一切，所以她若吃了這藥物，真的會徹底忘記這個男人嗎？

　　這個男人佔據了她所有的青春年華，從青澀到成熟，從成長到蛻變的過程都有他的參與，長達整整七年的時間，她怎麼可能會忘記所有的一切？真的這麼容易就忘記這些嗎？

　　佳怡咬著牙，撥打上面的電話過去給客服人員想要詢問清楚一點。

　　『OO生技公司您好，敝姓李，很高興為您服務！』客服人員的聲音傳來。

　　她輕咳了幾聲，將哽咽的聲音壓抑下來，這幾天的哭泣讓她幾乎快要沒有聲音了，佳怡沙啞的說：「我想請問有關於這忘憶藥丸，會不會有什麼副作用在？」

　　『小姐您好，請問怎麼稱呼呢？』客服人員態度非常的好，很有禮貌。

　　「我姓林，雙木林。」

　　『好的，林小姐您好，關於副作用這個問題，目前臨床實驗結果證實並沒有任何的副作用在哦！根據紀錄，每位測試者在食用藥物後都過著很好的生活，吃了這藥丸會遺忘那些痛苦的記憶，因為痛苦的記憶已被抽離，所以這些人都過得很幸福呢！』

　　她咬著牙，繼續問：「可以自己選擇要遺忘的記憶嗎？如果我吃了遺忘的卻不是我想忘記的那份記憶，這樣的話那該怎麼辦？」

　　因為她想要徹底忘記那個男人！可是如果吃了藥忘記的記憶卻不是這份記憶，那她該怎麼辦？這十萬元不就白白浪費了？

　　『小姐您好，目前的研究階段還沒有這麼先進可以選擇自己想要遺忘的那份記憶，這部分公司未來也會納入研究的方向中，可是目前誠實地告知您是無法做到選擇的，但如果您自己本身就確定這件事情是您最痛苦的記憶，那應該就沒有任何的問題。』

　　佳怡聽了垂下眼睛，感到有一點失望，可是卻又抱持著很大的期望。

　　「這藥物的原理是什麼？怎麼樣做到的？」她開口問。

『小姐您好，建議您可以上我們的官網看看，上面有詳細介紹這藥物的原理，以文字搭配圖來看會比較容易了解哦！或是您方便提供您的地址，我這邊可以寄一些詳細資訊給您做參考。』

「我上網看就好了，有問題再問你們吧！」她說。

『好的，祝您順心愉快！』

掛上電話後，佳怡她開始滑手機上網到這家生物科技公司的官網，也許是因為這項藥物剛申請到專利並且正火紅，一點開首頁就是有關於這藥物的訊息，也有相關的新聞報導。

在藥物原理的部分提到了有關於『快樂激素』這個專有名詞，上面說人們在快樂的時候體內會分泌多巴胺、內咖肽以及血清素等等的快樂激素，相反的，若是痛苦難過的時候這三種激素會大大的降低，並且分泌出有害激素。

除此之外，還跟腦袋中的杏仁核有關，一般人的杏仁核左側對於正向情緒會活化，相對的杏仁核右側對於負面情緒會活化，另外還扯到海馬迴上的記憶資訊，基於以上種種的一切判別資訊，藥物會釋放某種成分來探索深層痛苦的記憶，進而將這些記憶給分解、消失。

除了藥物資訊，官網上面還有一些受試者的反應，有位受試者因為家暴而痛苦不堪，好不容易離開那個暴力的家庭，卻因為

痛苦而惡夢連連，吃了忌憶藥丸後再也不會感到痛苦，對於家暴的當下沒有任何記憶，此後過著快樂的生活。

又有一位受試者因為車禍的關係腳遭到截肢，雖然已經經過復健且可以正常行走，但卻常夢到車禍的畫面，讓他睡不好，需要依靠安眠藥來入眠，而吃了忌憶藥丸後再也不會做惡夢，經由別人的口中知道自己的腿是因為車禍而截肢，但對於車禍記憶全然沒有記憶。

佳怡又看了其他幾位受試者的結果，最後得出一些結論來，看來這所謂的失去記憶跟她原先想的不一樣，有的人曾經由身邊朋友告知而知道痛苦的事情是什麼，只是因為沒有那些痛苦的記憶，角色就像是原先的當事者變成了旁觀者一樣，而且比較細節的記憶會消失。

所以若她用了這忌憶藥，她最後可能會經由身邊朋友知道自己與那個男人曾經交往過，並且分開，而不會知道分手的理由是他背叛了她，就算知道了也沒有任何的感覺，因為痛苦的記憶已經被抽離。

但這樣的結果對佳怡來說已經可以了。

她不會再想起那些背叛的痛苦畫面，她再也不用因為這個男人而以淚洗面了。

二

　　佳怡為此想了一天一夜，幾乎徹夜未眠，終於在第三天的時候決定忍痛花十萬元購買這忌憶藥丸。

　　人們在悲傷的時候，周圍的人都會說時間可以治癒一切，或許是這樣吧，時間可以治癒，但需要多久的時間呢？。

　　她不想等時間來治癒這一切，她要的是短時間、要的是馬上就治癒這一切！要的是馬上就忘記那個男人！

　　當已經做了決定，佳怡便不再猶豫了。

　　過幾天，生物科技公司的業務人員親自送來這份藥物，這可能是他們的服務方式吧！畢竟藥物要價十萬元，總不能隨便用個郵局快遞或是宅急便寄來吧？若途中遺失了，損失可是不堪設想。

　　「林小姐您好，我是 OO 生技公司的業務，這是您當時在網路上訂購的忌憶藥丸。」說著，業務人員他拿出了一個小盒子。

　　佳怡在看到這盒子後，點了頭。

　　小小的藥丸用精美的包裝包起，銀白色包裝顯示著這顆藥丸的高貴與奢華，就跟百貨公司那些專櫃上的保養品與化妝品一樣，都是用精美的盒子來包裝，以襯托這產品的價值是多麼的高貴。

　　業務人員先將盒子放置在另外一旁，接著他打開他的筆記型電腦，並且從公事包裡拿出一疊文件，「林小姐，在拆封之前想跟您確認一些事情，這是為了確保您以及我們公司的各自權利，您首先要確定的是之前沒有食用過這藥物，我等等會講一些注意事項，有問題您隨時可以發問，若都沒有問題的話就簽署同意書。」

　　她聽了再度點點頭。

　　業務人員則是繼續說：「那我這邊簡單跟您說明一下，若您之前有用過這藥物，那二次食用是沒有任何效果的。」

　　她搖搖頭，說：「沒有，我第一次買，之前沒有買過。」

　　業務人員聽了點點頭，又繼續說了一些食用注意事項，最後將同意書遞到她的面前。

　　仔細的看過這份同意書，上面敘述若食用後發現這份痛苦的記憶還在，第一種原因是可能有更痛苦的事情深藏在你的記憶中，只是你自己本身不知道，第二種原因則是你二次食用過，二次食用是完全沒有效果的，不管是怎樣的結果，消費者都要自行承擔這一切。

　　後者發生的事情是不可能的，她非常確認自己沒有食用過這藥物，但卻害怕著第一種原因。

　　她買這忌憶藥丸就是為了要忘記那男人帶給她的所有傷害，可是若食用之後想要的結果沒有發生那怎麼辦？

　　但是，現在又有什麼其他的方法能夠讓她在短時間內忘記這份痛苦？

　　想了想，最後佳怡還是決定拿起筆在同意書上簽名。

　　業務人員接過已經簽上名的同意書後，對她說：「另外想跟您拿一下身分證做核對，我這邊需要紀錄留檔一下。」

　　她將身分證交給他，業務人員修長的手指飛快的在鍵盤上面飛舞打字，過了幾秒鐘他微微一愣，精明的眼睛看著她，「林小姐，您知道令尊有使用過忌憶藥丸嗎？」

　　她聽了愣住，還以為自己聽錯。

　　「你說……我爸爸有買過？」她一臉納悶。

　　「我查了一下紀錄發現您的父親是當時的受試者之一，當初這藥物的受試時間是在兩年前，我們這藥物的測試會有一年的追蹤期，您有這印象嗎？」

　　她蹙眉，因為從來沒有聽過這件事情，但仔細思索，兩年前是父親與母親離婚的那段日子，也許離婚這件事情對父親來說太痛苦了吧？所以他才會願意當受試者。

「我不知道他是受試者這件事情……」她老實說。

「沒有關係，因為您父親當時身為這藥物的受試者，我們這邊對於當時的受試者家屬會有優惠，這邊可以給您一些折扣，可是由於您已經線上刷卡付出這十萬元了，所以這些折扣費用在一個星期後會直接匯到您的戶頭。」接著他請她填上銀行帳戶，她拿出手機滑了一下網路銀行帳戶，在文件上面填好後交給他。

「好的，若確認一切都沒有問題的話，這個裝著藥物的盒子交給您。」

業務人員首先先讓她檢查盒子並沒有任何人拆封過後，接著便在她面前拆封了，忘了說，這位業務還戴著白色手套呢！就跟去銀飾店一樣，銀飾店的店員會戴著白色手套小心翼翼的為你展示飾品。

當業務人員在她面前打開盒子後，裡頭還有一個透明的盒子，透過這透明盒子，她終於看到藥丸的真面目，就如同一般的膠囊藥物一樣，只是這顆膠囊的顏色是銀白色的，看起來有點詭譎的顏色。

「林小姐，提醒拆封後一定要立即食用，空氣會造成膠囊表面氧化，到時會影響身體的吸收率，在食用這藥物的八小時過後，您那痛苦的記憶就會被抽離。」業務人員又交代了一些事情後，最後留下名片與忌憶藥丸後提著沉重的公事包離去。

　　她呆呆地看著那透明的盒子，銀白色的膠囊閃著光澤，它看起來就像個什麼奇珍異寶一樣，她突然笑了幾聲，真的覺得自己好像瘋了，分手失戀，現在又失財！這十萬元可是她三個多月的薪水！

　　一想到那男人給她的傷害，她不禁又落下淚水。

　　但是她已經痛苦兩個星期了，這段時間她如同行屍走肉一樣，整個人像是失去靈魂的空殼一樣，毫無生氣。

　　看了上面的使用說明，她決定要在今晚睡覺前食用這顆忌憶藥丸，趁著現在距離夜晚還有八個多小時，她在這八小時內清走了屋子裡所有有關於那個男人的東西，不管是他送她的禮物、兩人一起買的情侶杯子、他留下來的牙刷與刮鬍刀、一起共同擁有的情侶裝衣服，還有一堆合照，只要那個東西會讓她想起那個男人的影子，她就不留情的通通丟掉。

　　為了遺忘的一乾二淨，她只能逼自己無情。

　　就連那個男人來她這過夜一起蓋的棉被也被她一併丟掉、他睡過的枕頭也一同扔掉。

　　通通整理完畢後，她提著大包小包的垃圾到租屋處底下的垃圾場，也因為實在太多包垃圾，她還跑了好幾趟才丟完那些垃圾，好不容易通通都清理完畢後，又去附近的大賣場買了一些生活用品，包含被她丟掉的棉被、枕頭以及一些碗盤。

除此之外，她還特地去高級餐廳吃了一頓美好的晚餐，這兩個星期的失戀期間她幾乎都亂吃，有時候一天只吃一包餅乾配牛奶，有時候一天只喝幾口水而已，這兩個星期的悲痛讓她瘦了將近五公斤的體重。

洗了個澡，她再次確定所有的一切都打理完畢後，看著書桌上用透明盒子裝著的忌憶藥丸，她拿出日記本在上面寫了一些字，她知道總有一天會從朋友的口中知道她跟這個男人交往過，與其這樣，不如讓自己提醒自己，並且要自己離這男人遠遠的，最好別再相見，也別再當朋友，就此斷了所有的聯絡最好。

一切準備完畢後，她將透明盒子拆了，忌憶藥丸被她塞進嘴裡，配上水直接吞嚥下去，吞下去的同時，感受到身體的一股熱，好像有什麼東西在她的胃裡燃燒一樣，她咬牙忍受，過沒有多久這股熱消失了，取代而之的是一股寒氣。

佳怡緊緊抱著棉被，強迫自己入睡。

對她來說，八個小時後是明天的開始，也是個全新的開始。

她即將在八小時後重生。

三

　　太陽升起，金黃般的刺眼陽光驅逐了夜晚的黑暗，感受到溫熱陽光的佳怡緩緩睜開眼睛，帶著睡眼惺忪的表情環顧周圍的環境，腦中先是空白了一會兒，後來又逐漸開始運轉下去，可是腦袋依舊覺得沉重。

　　從床上起身，她走進去浴室刷牙洗臉，換上衣服，簡單吃了昨天在大賣場裡買的麵包充當早餐，咀嚼的時候她的手摸向自己的腦袋。

　　起床就一直渾沌的腦子終於清醒了，她竟然還有那份記憶！

　　……不對，太不對勁了，為什麼她還有那份難受的記憶在？分手這件事情明明就是她最痛苦的事情啊！

　　分手的記憶宛如昨天，兩星期前發生的事情依舊歷歷在目，她還是會感到難過與痛苦，她忍不住拿起手機打給昨天那位業務人員，電話一接通她就劈哩啪啦的開罵：「這藥丸是騙人的吧？為什麼吃了我痛苦的記憶還在？我這記憶根本就沒有消失啊！十萬元欸！開什麼玩笑，你們公司是在騙人的吧？」

　　『林小姐，請您冷靜一點，同意書上面已經有明確告知了，若您食用後沒有效果，這不是沒有效果，而是您腦中最痛苦的記憶不是您以為的那段記憶，不然就是——』

她打斷他的話，帶點激動的情緒怒吼：「怎麼可能？跟男朋友分手就是我最痛苦的記憶啊！我難過得要死，這幾天過著天天以淚洗面、食不下嚥的日子，這還不痛苦嗎？結果你卻跟我說這不是我最痛苦的記憶，你們公司是怎樣？根本胡說八道。」

『林小姐，請您別這樣子，請您冷靜好嗎？這藥物不可能沒有效果的，我們已經經過許多場臨床試驗，每個使用過的受試者都沒有任何的問題，還是說……這只是我的猜測啦！您的父親之前登記是我們的測試者，但是……是不是有可能那時候這藥丸不是您父親食用，而是給您食用啊？當然這只是我個人的想法……只是您要不要跟您父親確認看看？』

聽到業務這個大膽的猜測，她腦中空白了好一會兒，想起九個多月，父親因為跟母親離婚而失魂落魄的模樣。

父親是知名科技公司的高階主管，月收入十幾萬元，這一顆忌憶藥丸的花費對他來說不痛不癢的，錢再賺就有，父母親兩人會離婚是因為母親在外面有了男人，而且這個外遇對象還是父親的好朋友，妻子與好兄弟一夕之間雙雙背叛了他，她光是想就覺得她父親當時應該很慘也很痛苦，這忌憶藥丸他拿到手當然是自己食用的，怎麼會給她食用呢？

她打電話給父親，想向他確認有沒有這件事情，經過這九個多月的時間，即便當時父親他食用過這記憶藥丸而忘記了當下最

痛苦的事情，經過這些日子，相信他也已經從親戚朋友的口中知道自己離婚的原因。

電話中的結果父親他說他是自己食用的，雖然他之後還是從親戚朋友知道他離婚的原因,但父親對於那段記憶已經沒有印象，也不想去追溯，現在日子過得好好的，而且還認識了一位新的女伴侶，兩人也交往的很穩定。

當她父親得知到自己的女兒也購買了這忌憶藥，並沒有多說什麼，直接匯十萬元給她，當作是零用錢，也當作是他沒什麼時間陪女兒的補償。

最後她與父親結束通話，是啊！父親最後是自己食用的，不是給她啊！當時感到最痛苦的是她父親，父親又怎麼會給她食用？

母親背叛父親時她雖然難過，但這難過的程度絕對沒有父親來的難受，他們結婚多年，這份愛刻骨銘心，遭受這樣子的雙重背叛，父親的心當然痛不欲生，而她那時候有男友的陪伴，很快的就從這傷痛走出來，所以父親買了這顆忌憶藥丸，當然是自己用了啊！

她咬著牙，想不透到底是怎麼一回事，於是她又打電話給業務，「我爸爸說當初他拿到這份忌憶藥丸是自己用的啊！我真的是第一次食用這藥物！」

『可是林小姐，同意書上您是閱讀過後才簽名的，這藥物在臨床上的試驗結果百分之百有效，不可能沒有效果的，當時藥物的受試者可是高達一百多人這麼多，因為有這些實驗證據，這藥物肯定有效果，也有可能您忘卻的是您另外一份痛苦的記憶，只是您不知道……』

同意書上面的最後一句：後果自行承擔。

嘖！現在搞得好像她是奧客一樣，以為會哭的小孩有糖吃嗎？

她生氣的點不是因為這十萬元的數目，而是她以為自己能夠忘記那個男人，卻忘不了！她最後還要繼續沉浸在這男人給她的痛苦中，而那個男人跟那個女人逍遙自在的快活。

這還真是件不公平的事情，做錯的人是這個男人，為什麼受苦的人是她？她真的覺得好不甘心啊！為什麼老天爺這麼的不公平？要這樣子的對待她？

她最後憤怒地掛上電話，業務剛剛說的沒有錯，同意書上有她的簽名，她也不能投訴他們，所有的一切都對她不利，她得自認理虧。

只是她真的想不透，她很確定是她第一次食用，那為什麼她沒有忘卻這份痛苦的記憶？她完全不知道自己還有別的痛苦的事情，而且是比分手更加痛苦的事情……

　　她不死心，但也不知道自己能做什麼事情，於是上網去查詢有關於這忌憶藥丸的文章。

　　通常許多公司會向網路公司購買關鍵字廣告，還會買最佳搜尋排序的，所以若有對這家生技公司不利的網路文章，搜尋排序是在很後面的，因此若真的要找到負面文章，可能要到搜尋結果的二十幾頁才看得到。最佳排序的原理就是利用人們的惰性，通常很難有人找資料真的會找到第二十幾頁，大多數看到的第五頁已經是極限了，少數的人會看到第十頁的搜尋結果。

　　佳怡她很有耐性的一直點著這些搜尋結果，大多數都是快速的滑過，當點到第二十三頁的時候，她終於看到了一篇負面文章，是來自於某個知名論壇中。

　　文章裡面說：正在就讀大學的妹妹在食用了忌憶藥丸後，的確是忘記自己被學長性侵的陰影，可是妹妹最後卻喜歡上那個惡劣學長，任憑版主怎麼阻止都沒有用，他最後甚至還告訴妹妹這個曾經有的真相，但妹妹不相信，跑去問學長本人，犯罪者當然不會承認自己做過的壞事啊！是妹妹最後在學長的租屋處看到她被性侵的照片後，她因為無法接受而跳樓自殺。

　　底下的留言有的是批評、有的是幫這家生技公司說話，批評的大多數都是說這藥物根本就是害人不淺，好奇心會殺死一隻貓，即便忘記痛苦的事情但有些人還是會想知道自己忘記的痛苦事是什麼，有些人一笑置之，有些人會無法接受。而幫公司說話的那

些人則說那是個人的選擇，是自己要花十萬元購買的，並沒有逼迫你購買，食用藥物後是自己要因為好奇而揭開過往的瘡疤，有的人食用後真的很快地就迎接著新生活啊！

她垂下眼睛，突然覺得這好像是潘朵拉的盒子，打開盒子後不知道是什麼可怕的東西。

讓她遺忘的，到底是什麼痛苦的事情？

她想知道，但她卻又害怕知道那份真相……

知道了真相，她能夠承受這一切嗎？

四

　　在自然界中，人類是所有生物中擁有著複雜情緒的物種，會扯上感情。

　　這項忌憶藥丸被研究開發後，在進入臨床試驗前先做了動物實驗，動物實驗的內容是對幾隻小白鼠進行電擊，研究人員刻意在對小白鼠電擊之前讓小白鼠看到引發出電流的電擊棒，之後再進行電擊。

　　實驗分為兩個組別，一組是沒有食用忌憶藥丸的組別當作控制組，另外一組是有食用忌憶藥丸的組別當作對照組。兩組都遭受電擊攻擊，控制組的小白鼠從此看到電擊棒後都害怕的躲在籠子的一角，發出淒慘的哭嚎聲，而對照組的小白鼠幾乎忘卻了曾經被電擊棒電擊過的這件事情，再看到電擊棒會出現不畏懼的好奇接觸。

　　除了這個試驗，他們另外還進行了重複食用兩次以上藥物的試驗，利用電擊與火燒的攻擊實驗，最後證明此種藥物只能食用一次，兩次以上食用是無效的。

　　當動物實驗結束後，之後開始進行人體臨床試驗，在精神科醫師的協助之下，找了一百位願意接受試驗的受試者，最後呈現的效果都不錯，另外也證實此藥物在人體食用兩次以上是沒有效

用的，因此最後向政府單位的衛生署申請藥物上市，經過層層複雜的程序與文件繳交後，最後終於成功上市。

林佳怡，她曾經當過受試者，因為食用過忌憶藥丸而徹底忘記這份痛苦的記憶，但是她自己並不知道自己曾經當作受試者過。

當時，母親與外遇對象偷情將近一年多的時間，知情的父親始終都忍氣吞聲，他只知道自己的妻子外遇，但不知道外遇的對象是誰，他認為妻子也許是因為一時之間的寂寞，又或是意亂情迷而不小心犯了錯，他很有信心，相信妻子總有一天會回到他身邊的。

那時候，佳怡她還沒有搬出家裡，天天過著通勤的日子，每天朝九晚五，因為母親不在家，父親又經常加班晚歸，所以很多個時候她回到家時都是只有她一個人而已，有時候男朋友會來家裡陪她，有時候則是好朋友來陪她聊天。

佳怡長得非常像她母親，在小的時候就經常聽到親戚這麼說，在她進入青春期，越來越成熟的時候，更多人這麼說了。

啊！妳一看就知道是誰的女兒。

妳長得跟妳媽媽好像啊！都很漂亮，果然是優良基因的遺傳。

　　母親非常的漂亮，父親年少時期就是對母親一見鍾情才開始展開追求的，而母親最後也被父親的舉動感動而與他交往，到最後決定結婚一起攜手過下半輩子的人生。

　　母親外遇，從一開始的小心翼翼與躲藏，到最後因為知道自己丈夫知情而不敢做出什麼行為後，她變本加厲，甚至直接與外遇對象同居在外面，偶爾才回來一次。

　　父親因此心情不好，買醉想要解愁，但所謂藉酒消愁愁更愁，他非旦沒有消愁，反而更加的愁悶、心情更加的低落。尤其在知道妻子外遇對象其實是自己兄弟的那一天，他醉到忘我，把酒當水似的拼命的喝，這天他買醉回來看到自己女兒的時候，他還以為是自己的妻子回來了。

　　所有的悲傷、憤怒情緒一併湧上，這複雜的情緒他無法壓抑，加上酒精的催化，他變本加厲的全部都宣洩出來。

　　當看到佳怡的身影時，他上前抓著她的頭髮，奮力的一扯，她就如同破娃娃被自己的父親推去撞牆！

　　「妳這賤女人！妳為什麼要背叛我？為什麼要跟我的好兄弟一起背叛我！？」他怒吼。

　　在佳怡她整個人還沒有反應過來時，父親又向前甩了她好幾個巴掌，她眼冒金星，臉頰火辣辣的，如同火在燒。

「爸，我不是媽媽......你認錯人了，我不是媽媽啦......」她痛到大哭，然而酒醉的父親根本就沒有聽進去，他甚至抽出皮帶，狠狠地往她的身上抽打，拳頭也使勁的朝著她的身上猛打猛踢，每一拳都毫不留情。

佳怡她苦苦哀求，難受的哭喊著，而父親卻紅了眼，每一次下手都是那麼的重、那麼的無情，充滿了恨意。

個小時過去，她身上滿是傷痕，瘀青與紅腫遍佈全身，她連碰到水都會痛，她把自己關在房間裡面鎖上，虛弱的縮在角落顫抖，一夜沒睡，深怕父親又要來毆打她。

隔天父親酒醉後清醒才發現自己犯了大錯，但一切都來不及挽回了，女兒身心被他傷害，開始害怕著他。

一見到他就開始顫抖，或是躲起來大哭，又或者直接崩潰的尖叫，最後就連公司也不去了，逼不得已他只好替她向公司請假，謊稱她生了場大病，需要請長假休養。

佳怡因為害怕著父親，於是告訴男友說父親對她動粗的事情，男友找上門來，說要帶她離開，父親深知是自己的錯在先，只好請她男友好好照顧她，並替她租了家附近的一間套房，好讓女兒有個地方住。

自此過後，她對父親避不見面，因為害怕又會被動粗，但她男友也知道她父親當下會動手是因為酒醉的關係，平常都是和善

待人的，絕對不是故意要動粗的，所以偶爾會跟她父親連絡，也向他報備他女兒的近況。

　　過了幾個月，父親經由公司的同事得知某間知名的生技公司在徵求受試者，他發現這測試的對象很特別，竟然是徵收那些有著痛苦回憶的對象，受試者只需要一百名，但他想應該會有許多人報名才對，於是他請認識的人透過關係幫忙，在沒有經過任何篩選，有點走後門的概念，他順利拿到其中一個受試者的位置。

　　父親將這消息告知佳怡的男友，請他幫忙，告知他想讓女兒當受試者，在經過家暴的對待後，佳怡男友發現佳怡在半夜會突然尖叫，惡夢連連，直冒冷汗，也常常失眠無法入睡。

　　男友與她父親兩人討論過後，決定最後由佳怡的男友代替佳怡簽署受試者同意書，他們認為，反正他們是走後門而當受試者的，只要定期的向測試單位報告結果，應該不會怎樣才對。

　　好在測試的結果滿意，佳怡她全然忘記當時被父親家暴的痛苦，生活恢復成原本的模樣，與父親之間的感情也漸漸修復。

　　在她的記憶中，她會搬出家裡是她對父親的要求，同時父親也希望她別待在家裡了，因為家裡沒有了母親，早就不算是個完整的家，所以父親贊成她搬出去住，也讓她能夠早點獨立自主。

　　就是因為她食用過這個忌憶藥丸，所以她食用第二次才沒有任何的效果，男友劈腿的痛苦記憶她才沒有整個忘記。

　　然而，對佳怡來說，究竟這潘朵拉盒子打開後會是什麼樣子的真相，她開始害怕知道這份真相了⋯⋯

　　痛苦會逼迫人們成長，在經歷過痛苦的人會淬鍊出更加成熟、更加有能力的自己，因為有著那些經驗在，雖然那份回憶會使人們難受會使人流淚，但若之後遇到相同的事情，就會有經驗而做出不同的選擇。

　　倘若佳怡當時沒有因為被父親動粗而當作受試者，之後她吃了忌憶藥丸真的忘了男友背叛她的事情，也許她接下來會過得很幸福的生活，也許她接下來又會遇到跟她男友一樣的人。

　　這忌憶藥丸的研發，對某些人來說是幸，對某些人來說卻是不幸⋯⋯

真愛無價

總裁變愛奴

文：破風

一、日理萬機

一間十幾坪大的辦公室，一套沙發跟茶几，一面牆是資料櫃，擺了上千個資料夾，另一面是書櫃，上面有數千本書，八尺寬的大辦公桌，上面有三個二十四吋的螢幕，中間的螢幕上顯示著本月的財務報表，螢幕的桌面是電影主角：驚奇隊長，桌面上右邊是湛藍色的拉長石擺件，左邊是深藍色的階梯螢石跟電話，座位的後面是擺飾櫃，有各式各樣的模型，兩邊是深紫色的晶洞，高約一點五公尺，它們原本是一體的，但被切割成一對晶洞，配置了咖啡色的實木底座，跟大辦公桌垂直的方向還有一張六尺寬的桌子，兩個螢幕，辦公室總共有三道門，一是入口，一是浴室跟廁所的門，一是休息室的門，休息室就跟一般的主臥室差不多，有梳妝台、雙人床、衣櫥，一個年約三十五的男人剛起床，穿著短袖跟短褲，腳上是藍白拖，走進浴室，他刷牙、洗臉、刮鬍子，接著抹了一些髮膠在頭上，並將頭髮全部向後梳，確認了自己的樣子沒問題之後，回到休息室穿上白襯衫、黑西裝褲、天藍色領帶、黑色西裝、咖啡色皮鞋，並在一面鏡子前看了又看，然後走到辦公的位置坐下來，拿起電話。

「雨潔，進來一下。」

「是，總裁。」電話那頭，是他的秘書，每天中午都必須在另一間休息室等待指示，今天也不例行。

「總裁有何指示？」雨潔問。

「我的氣色如何？說真話，不許拍馬屁。」

「昨天又沒回家？」

「是啊！陪我喝杯茶，好嗎？」

「金萱還是高山茶？」

「高山茶好了，我來煮水。」兩人說話的地方換到沙發區，茶几上有石頭打磨的茶盤，刻著龍吐珠的樣式，茶壺倒是便宜貨，印著波若波羅密多心經的暗紅色茶壺。

「妳還沒回答我的問題。」

「我已經回答了。」

「妳是說我沒回家，並沒說我的氣色如何？」

「這還不夠明顯嗎？」

「我不是說過，有話要直說，不要拐彎抹角，我絕不會因為妳說了什麼？就請妳離開公司。」

「習慣了。」

「妳覺得，我們兩人像一對嗎？」

「我有男朋友了，而且已經同居好幾年。」

「妳看，又不直接回答問題了。」

「總裁，我是來上班的，不是來跟你約會的。」

「我的問題是：我們兩人像一對嗎？」

「不像，我太強勢，而您對我太好。」

「這才是我要的答案，有話直說那麼難嗎？」總裁直視著她，但她卻不願意看總裁一眼。

「水滾了。」

「妳看，這就是妳的問題，妳總是沒辦法先回答問題，妳要我拿妳怎麼辦？」

「好，你要我說真話，沒問題，但你不能生氣。」

「那有什麼問題！」總裁一邊說，一邊泡茶。

「我只是覺得我配不上總裁，而您又一直找機會跟我聊天，是不是您喜歡上我了？」

「喝茶，這是冠軍茶，一斤兩萬。」總裁遞了一杯給她。

「謝謝總裁。」

「味道如何？」

「淡淡清香，會回甘，這茶真的那麼貴？」

「當然，今年我只買到一斤，很珍貴的。」

「該你了，總裁還沒有回答我的問題。」

「看吧！如果有話不直說，就是現在的狀況。」

「我懂了，但我只是想確認我們的關係。」

「我承認我喜歡妳，但不是妳想的那種男女關係，妳辦事的效率很好，跟著我一年，只出過一次大錯，幫我處理掉的危機總共六次，也掃除了公司的毒瘤，所以公司現在的狀況很好，各部門都願意全力付出，也才有現在的業績。」

「那是總裁領導有方。」

「不，不要拍馬屁，我需要妳對我坦承，這樣我才能重用妳。」

「什麼意思？我不懂！」

「總經理得了胰臟癌，副總經理野心太大，我身邊的人才只剩下妳了。」

「總裁的意思是？」

「我希望妳接任總經理，十天的交接期，陳總經理兩週後就會離職。」

「總裁是跟我開玩笑嗎？論學歷、資歷，我都不如各部門的經理。」

「但他們沒肩膀，不願意承擔重任，我都問過了，唯一有意願的副總，野心大，但能力稍微不足。」

「我不懂？」

「他對危機處理太優柔寡斷，對業務拓展又太樂觀。」

「總裁不怕他不高興而辭職？」

「這樣最好，省下一筆資遣費。」

「可是，總經理應該很忙吧？」

「只不過是日理萬機，沒什麼難度，除非妳不會簽名。」

「我不懂？」

「我需要休假三個月，這三個月，公司就交給妳了。」

「為什麼？」

「到時妳就知道了，怎樣？要接還是不接？」

「給我五分鐘考慮。」幾分鐘很快就過了，雨潔接下了重擔，而副總也如願被掃山門，這下，總裁可以放心渡假去了。

二、一見傾心

就在前一天晚上，總裁到了一間冰店：愛與冰。

「歡迎光臨。」一個女孩甜美的外表和聲音迎接著他。

「沒來過，妳推薦吃什麼？」總裁看著她，他的心跳忽然加速，就像是十八歲那年，看到初戀情人那樣。

「初戀，酸酸甜甜的。」女孩比著目錄，上面有初戀、熱戀、失戀、黃昏戀等等。

「妳們的目錄很特別。」

「那是老闆想的。」

「其他的介紹一下吧！」

「熱戀就是甜，太甜了，不健康，失戀是清冰，什麼都沒加，吃起來索然無味，就像是什麼都失去了，黃昏戀是淡淡的甜，若有似無，就像是老伴，有跟沒有都差不多。」

「真的很有趣，那就初戀吧！」總裁微笑地看著他。

　　總裁選了靠窗的位置，拿出筆電，開始檢視文件。

　　「請慢用。」女孩端了一盤梅子冰，上面兩球巧克力冰淇淋。

　　「謝謝！」總裁抬頭看著她，那感覺又來了，他的心撲通、撲通～～～彷彿時間停住了，看著女孩的背影，他想起了陳年往事，初戀的情景。

　　那是他在高三的事，學妹跟他談了幾個月的戀愛，卻因為母親知道而極力反對，最終只好分手。

　　「你還太年輕，怎麼知道她是不是想要我們家的財產？總之，我不許你跟她交往。」

　　「媽~」

　　「別說了，我決定的事，不能改變。」

　　「好，妳別後悔。」

　　「後悔什麼？」

　　「到時妳就知道！」說罷便轉頭就走。

　　「葉俊偉！」她大聲叫著兒子的名字。

　　「媽！再見了。」

「葉俊偉！」

於是他關起房門，收拾了簡單的行李，然後跳窗，離家出走，這一離開，就是三年，他只跟家裡的管家說了自己的住處，讓他送來一些錢，還有消息，但是再度見面，卻是父親死亡的惡耗，不得已的狀況，他只好回家接手父親的事業，那是一家造紙廠。

「先生，我們還有十分鐘就要打烊了。」女孩的出現，打斷了總裁的回憶，卻也燃起他心中的欲望，追求這女孩的欲望。

「好的。」總裁張大了眼看著她。

「這初戀合你的味口嗎？」

「很好，我很喜歡。」

「謝謝！歡迎常來。」

「一定。」

「不要食言喔！」女孩甜美的笑容再度讓他心動。

「那就明天見。」

「明天見。」

三、瘋狂追求

　　十多年沒談戀愛的總裁，讓自己休假三個月，為的不是放鬆，而是為了追求一個心儀的女孩，這次，沒有母親的包袱，沒有任何人可以阻止他，只不過，習慣了高高在上，要追求一個凡事都顧客至上的女服務生，難度很高。

　　「你來啦！」

　　「對啊！來吃冰，也來看妳。」

　　「看我？我有什麼好看的？」女孩明知故問，但內心是既高興又矛盾，畢竟自己才二十出頭，被一個三十多歲的男人喜歡，還是頭一回。

　　「妳很可愛啊！聲音又甜。」

　　「你的話太甜了，我受不了。」

　　「我只是實話實說。」

　　「我在上班耶！老闆已經在看了。」

　　「好，那我等妳下班。」

　　「這不太好吧！我們才第二次見面，我連你的名字都不知道，不好，別等了。」

「那，我就天天來，等熟一點再說。」

女孩是既高興又害怕，因為這男人看起來不像一般人，穿著西裝，手表是名表，手機是最貴的，筆電也是，因為最近想換筆電，她才查過價錢。

連續一週都來吃冰，連老闆都對他有印象，但今天女孩不在店裡。

「不用看了，心怡今天休假，明天也是。」老闆對著東張西望的總裁說。

「你怎麼知道我在找她？」

「唉！年輕人，別把她逼太緊，她是因為你而請假的。」

「我是真心想要跟她做朋友的。」

「我看得出來，可是她現在有困難，她的父親生病住院，需要有人照顧，而且剛失戀不久，還在情傷之中。」

「我可以找人照顧她的父親，至於戀愛，我可以等她準備好，這是我的電話，如果她願意，我隨時可以幫她安排看護跟護士。」總裁遞了名片。

「總裁？是上市公司那一間嗎？」老闆看了名片，搔了搔頭。

「是的，你店裡用的外帶杯跟碗，都是我們的產品。」

「失敬！看護的事，我幫她答應你了，否則她都沒心情上班，至於她是否接受你的追求，那要看緣份了。」

「那就麻煩你了。」

「老闆，你開玩笑的吧？」冰店剛開門，心怡就跟老闆在聊總裁的事。

「沒開玩笑，我跟他聊了半小時，確認他就是總裁，妳看，這是他，對吧！」老闆拿了一本財經雜誌，封面就是總裁，裡面還有專訪。

「可是，他已經三十六歲，足足大我一輪。」

「傻丫頭，這可是天大的機會，不要隨便放棄，難道妳想要一輩子在我這裡當服務生？」

「可是我很怕豪門的規矩，很煩。」

「不會的，我看他的談吐就知道，他不是那種愛擺架子的人，而且他願意追求一個服務生，可見他是很有誠意的，要知道，他是個大忙人，可是已經連續來八天，他的心意已經非常明顯。」

「好吧！幫我安排好特別護士，告訴他，明天下班來接我。」

「這樣就對了，遇到了真正喜歡妳的人，要好好把握。」

「你確定他很喜歡我？」

「當然啦！他看妳的眼神，還有關心妳的態度，絕不會錯的，相信我，他一定會很愛妳的。」

「好吧！我正愁我爸的問題沒辦法解決，就先這樣了。」

兩人畢竟有著十幾歲的差距，幾天的約會都在高級餐廳，搭的車是一千多萬的勞斯萊斯，還有司機，心怡的壓力其實蠻大的，可是為了父親的病情，她也只好承受這樣的壓力。至於總裁，他倒是樂在其中，只要能跟心怡見面，那怕是大眼瞪小眼，也甘之如飴，但連續一個月都見面，而且都是幾個小時，心怡終於受不了。

四、離職

「老闆，我要辭職。」心怡一大早就讓老闆頭痛。

「怎麼啦？」老闆看著她問。

「我快受不了這個總裁了，他這種幾近瘋狂的追求，我實在吃不消。」

「妳爸呢？出院了嗎？」

「還沒。」

「那該怎麼辦？」

「我不知道？他每天都纏著我不放，我快窒息了。」

「這表示他真的很喜歡妳啊！這是好事，要知道，這些大老闆們，有幾個這麼專情的，還不都是到處養情婦。」

「那也不必又專車接送，又送我項鍊啊！」

「拿來我看看。」

「這是什麼？」心怡拿出一個方型的盒子。

「哇！妳這下發財了。」老闆打開之後大吃一驚。

「什麼意思？」

「這條項鍊最起碼值五百萬。」

「開玩笑的吧？」

「是真的，這上面的祖母綠都是頂級的，還有這些碎鑽也都不少錢。」

「幫我還給他。」

「開什麼玩笑？妳不要，那給我好了。」

「不行，幫我還他就是了。」

「好吧！那妳今天還工作嗎？」

「不了，我猜他等等就來了。」

「妳走不掉了，看後面。」

「這麼早？」老闆說。

「早！」總裁說。

「我先走了。」心怡說。

「怎麼了？」總裁看著她。

「我忽然覺得不舒服，想回去休息。」

「那我叫司機送妳。」

「不用了，我自己騎車回去。」

「好吧！小心騎車，再見。」

「再見。」

「你把她逼太緊了。」老闆說。

「所以她不是身體不舒服？」總裁問。

「她還年輕，要不是為了父親的看護，她根本不願意跟你出去。」

「原來是這樣，好，請你幫我轉告她，以後我三天來一次，這樣可以了吧！」

「恐怕不行。」老闆搖搖頭。

「為什麼？」

「其實她今天是來辭職的，還有，這條貴重的祖母綠項鍊，她要我還給你。」

「沒想到她一點都不喜歡我。」

「其實不是，她只是還無法接受你們那種奢華的生活。」

「其實也沒多奢華，也就一餐兩千多，就算天天吃，每個月也不過七八萬。」

「你要知道，她一個月薪水才兩萬八，你吃一餐，是她三天的薪水。」

「如果覺得太奢侈，我可以陪她吃路邊攤啊！」

「除了這個，她真正害怕的是豪門的繁文縟節。」

「原來是這樣，我們家沒什麼太多規矩，我的母親年紀大了，早就不管事，公司的事不用她操心，她可以舒舒服服的當總裁夫人，甚至不用下廚，我們家有請廚師。」

「我就知道，從你的談吐，我就知道你是這樣的人，可是，心怡還是會擔心。」

「抱歉，讓你少了一個好員工。」

「你多慮了，服務生本來就待不久，她可以撐一年，已經難能可貴。」

「這樣吧！這條項鍊，還是留給她，不管怎樣，都是緣份一場，就算將來她不願意跟我在一起，也可以幫她換一些現金在身上。」

「我可以問一下，這條項鍊值多少錢嗎？」

「大概跟門口那部車一樣，一千五百萬。」

「這麼多？那我得好好保管。」老闆又搔頭，心想，一條項鍊竟然比自己的店面還貴，存一輩子的錢也買不起。

「那我走了。」

「再見。」

五、日夜思念

　　總裁回到自己的辦公室，坐在沙發上，拿著手機，上面是為心怡拍的唯一照片，那雙會說話的眼睛，還有甜美的笑容，怎能不讓他心動，但這時有人敲門了。

「雨潔，什麼事？」

「不是說要休假三個月？」

「來看看，公司有什麼大事嗎？」

「沒有，一切都在軌道上運作。」

「總經理這個位置，還習慣嗎？」

「不太習慣，總覺得有人不喜歡我，偷偷說我壞話。」

「別理他們，只不過是嫉妒心作祟罷了。」

「假期怎麼樣？好玩嗎？」

「沒玩啊！都在吃冰。」

「吃冰？為什麼？」雨潔一臉疑惑。

「泡妞啊！我喜歡上一個女服務生了。」

「有照片嗎？我看看。」

「在這。」雨潔接過手機。

「哇！好可愛的女孩，難怪你神魂顛倒了。」

「妳怎麼知道？」

「剛剛看到你進公司，就發現不太一樣。」

「觀察力真強。」

「結果呢？她是不是跟你想的一樣！」

「很單純，很真的女孩，我很喜歡．」

「嗯！外表甜美，內心純真，的確是個好對象。」

「可是她覺得我逼太緊，暫時不想見到我，也許以後也不見面了。」

「有留下資料嗎？」

「有，不過我想過一陣子再找她。」

「打鐵要趁熱。」

「妳也這麼想？」

「年輕的女孩，心還不定，但為了生活，只好委屈自己當一個服務生，這樣的女孩，絕對適合你。」

「妳覺得什麼時候再去找她？」

「你不是把護士調給她用了？」

「然後呢？」

「去醫院探病啊！表達你的關心。」

「有道理，那我走了。」

「別急，等晚餐時間再去，現在去，未必遇得到她。」

「妳怎麼知道？」

「護士的班表在我手上啊！」

「妳覺得我該怎麼繼續？」

「溝通，就是多聊天，只聊她喜歡的，要做點功課。」

「妳的意思是不聊我的事？」

「除非她問起，否則還是以她想聊的為主。」

「我懂了。」

「還有，能不說話最好，都聽她說，讓她發洩，讓她卸下心防。」

「有用嗎？」

「走著瞧嘍！」

總裁照著雨潔的建議，帶了一束花去探病。

「心怡，妳也在啊！」總裁說。

「你怎麼來了？」心怡似乎有些意外。

「來看看妳父親啊！他可能是我未來的岳父呢！」

「八字都還沒一撇，別亂說。」

「說真的，他的情況怎樣了？」

「很虛弱，他喝太多酒，肝快不行了。」

「不是肺癌嗎？」

「兩種都有，都怪他自己，又煙又酒的。」

「我們出去聊吧！別吵他休息了。」

醫院旁的樹下，總裁沒照雨潔的話做。

「我好想妳。」

「我現在沒那個心情跟你約會。」

「我可以等妳。」

「我爸的病情隨時會惡化。」

「我會動用所有的資源，讓醫院這邊更努力的。」

「你為什麼要這樣幫我？」

「因為我喜歡妳啊！」

「我只是個平凡的服務生，而你是高高在上的總裁，我配不上你。」

「不，總裁也是個凡人好嗎！」

「可是你們的生活讓我覺得很害怕。」

「什麼意思？」

「太奢侈了。」

「如果妳不喜歡，我也可以很樸實的。」

「說到要做到。」

「只要能跟妳在一起，我願意做最大的讓步。」

「你不後悔？」

「跟喜歡的人在一起，為什麼會後悔？」

「好，我們從頭來過，不讓司機載，不吃高級餐廳，不逛百貨公司。」

「都聽妳的安排。」

「等我的電話，別主動找我。」

「行。」

「那就這樣了，再見。」

「再見。」

心怡說完便回頭，走向病房，總裁則是目送她。

六、傾訴

「我是心怡，有空來接我嗎？」她拿起手機。

「在那裡？」總裁正看著她的相片。

「我租的套房。」

「三民路？」

「對。」

「我現在出發的話，大約一小時。」

「好。」

掛斷電話，心怡開始梳妝打扮，她挑了一件白色短袖，外面套上連身牛仔裙，還有白色球鞋。不約而合的，總裁也選了牛仔衣跟褲，配上一雙白色的籃球鞋，他來到車庫，選了一部藍色的寶馬，那是他的車庫裡面，價格最低的，他很少開，因為他不喜歡被人知道，總裁開的車是這部，但這部車，其實才符合他的年齡、外型、個性。

「想去那裡？」

「海邊。」心怡上了車，臉上掛著微笑。

「有特定的地方嗎？」

「人越少越好。」

「苗栗縣可以嗎？」

「會很遠嗎？」

「一個小時多的車程。」

「那走吧！我睡一會，到了叫我。」這是她第一次卸下心防，安心的坐在車上。而途中，總裁偶爾會轉過頭，看看她的樣子。

「把鞋子脫了吧！」心怡說。

「妳想到沙灘上走？」

「對啊！有問題嗎？」

「沒有。」於是他們把鞋子留在堤防上。

「這裡還可以嗎？」總裁問。

「不錯，沒別人，就是風大了點。」

「是啊！風有點大，妳看，沙子在沙灘上飛呢！」

「怎麼會知道這裡的？」

「我在這裡當兵。」

「原來是這樣！當兵好玩嗎？」

「很辛苦，要跑步、伏地挺身、仰臥起坐、交互蹲跳、行軍、打靶、洗冷水澡、難吃的食物，有女朋友的會兵變。」

「你的前女友在你當兵時提分手嗎？」

「算吧！她被我的死對頭追走了。」

「怎麼跟我一樣？」

「說來聽聽。」

真愛無價

「我的前男友，在我最困難的時候，跟我的國中同學跑了，最可恨的是他們還到冰店放閃，氣死我了。」

於是心怡霹靂啪啦地吐了一堆苦水，總裁聽從雨潔的建議，讓她講，做個聽眾就好，不知不覺中，他們已經走到河口，而且已經開始漲潮。

「往回走吧！漲潮了，我可不想上新聞頭條。」

「很危險嗎？」心怡問。

「如果會游泳是還好，漲潮比較安全，不會被捲走，但退潮就不同了，體力再好的游泳高手一樣會滅頂，不過今天這麼冷，我可不想下水。」

「那走吧！謝謝你今天陪我，還聽了這麼多垃圾。」

「客氣什麼？為了妳，我願意改變我自己。」

「不，不需要，我更喜歡那個霸氣的總裁。」

「那為什麼要讓我改變？」

「我只想確定，你是不是真心的？」

「結果呢？」

「你已經知道了，又何必問。」心怡主動牽著總裁的手，沙灘上留下兩人的足跡。

「妳看。」總裁比著橫向奔跑的小螃蟹。

「好好玩喔！是螃蟹嗎？」

「對啊！這些小圓球都是它們的傑作。」總裁比著沙灘上無數的小沙球。

「螃蟹啊螃蟹！你們真可愛，」心怡蹲下去，看著眼前一隻大膽的小螃蟹，就像個天真的小女孩。

七、暫別

人有生、老、病、死，任何人都逃不過，心怡的父親還是走了，碰巧公司遇上了危機，總裁指示公關部經理幫忙處理後事，他則是親自坐鎮辦公室。

「心怡，我無法親自過去，陳經理會幫妳處理一切事務，等等我會傳他的電話給妳。」

「謝謝！」電話這頭，心怡的淚從眼角滑落。

「堅強一點，等公司的危機過去，我再去找妳。」

「你忙吧！發生這種事，應該要趕快處理。」

「再見。」

「再見。」掛斷電話之後，心怡崩潰大哭，因為母親在她很小的時候就改嫁，二十一年沒聯絡，早已不知去向，現在的她，孤伶伶的，真正關心她的，就只有冰店老闆跟追求她的總裁了。

「原料庫存剩多少？」辦公室裡，總裁問雨潔。

「八天。」

「這麼少？」總裁驚訝地看著雨潔。

「因為蘊釀漲價前，消費者搶了很多貨。」

「估算消費者存量做了沒有？」

「還沒。」

「立刻做。」

「好。」

「替代方案是什麼？」

「沒有，其他的供應商要更久才能到貨，下一批原料預計四十天後到。」

「好，應該還是有機會撐過去，保險公司可以賠多少？」

「八成。」

「所以今年的盈餘會少三千萬至五千萬，對嗎？」

「差不多。」

「媒體那邊處理好了嗎？」

「這是新聞稿，你看一下，沒問題就可以發出。」

「這是妳的職責，妳認為沒問題就可以了。」

「好，等等就發。」

「船是發生什麼事了？」

「機械故障，在出港的時候高速撞上碼頭，我們的貨櫃在最上方，全掉進水裡了。」

「國內新聞報導了嗎？」

「報了，全世界主要媒體都報了。」

「如果媒體採訪，由發言人出面，妳跟我都別說話。」

「為什麼？」

「我跟心怡的事，有狗仔在跟。」

「怎麼發現的？」

「去海邊散步的時候，有台車從台中市區一直跟著，我沒甩掉，被他跟到海邊了。」

「我懂了。」

「幫我查一下這台車是那家媒體的，務必把這件事壓下來，不能在這時候上周刊頭條。」總裁拿出一張照片。

「這麼厲害？已經有車牌跟車號了。」

「他已經跟了我快半年，只不過前幾個月都沒故事可寫，但心怡這事，恐怕會被炒成頭條。」

「放心，我一定會處理得很圓滿。」

「那就麻煩妳了。」

「心怡的狀況怎樣了？」

「應該沒問題，她是個很獨立的女生。」

「等喪事處理完，趕緊找時間安慰人家。」

「行，都聽妳的。」

八、約會

「妳還好吧？」高級餐廳裡，總裁問。

「我很好，只不過，只剩下我自己了。」

「媽媽呢？」

「我不知道！」心怡的狀況其實還很低落。

「要不要幫妳找到她？」

「你有辦法？」

「我可以請人幫忙，重點是妳想不想見她？」

「我不曉得，她離開我們的時候，我才三歲。」

「畢竟是親生母親，不是嗎！？來，把身分證拿出來，我等等就請人找。」

「在這。」心怡遞出身分證，上面的名字是：林心怡。

「這什麼時候拍的照片？」

「國中。」

「難怪，還有點孩子氣。」

「換你了，我也想看看你的身分證。」

「好啊！」總裁掏出錢包。

「葉俊偉，果然人如其名，又俊又偉的。」

「我們還要繼續看身分證嗎？」

「不知道！我今天呆呆的，沒什麼精神。」

「要不要看星星？」

「都市裡都是光害，要去那裡看啊？」

「合歡山啊！」

「很遠吧！」

「將近兩小時可以到，只不過會比較冷。」

「你的車上有外套嗎？」

「有啊！那等等戴我去買一件，然後我們就出發。」

　　今天的心怡沒有睡覺，一路上跟總裁聊了很多，她知道，身邊這個男人是可以依靠的，於是決定在父親百日之內就嫁給他，現在欠缺的，就是製造機會給他了。

　　「還有多遠？」

「我們現在已經到清境農場附近，再一會吧！」

「你開車好快。」

「會太快嗎？」

「不會，只是這樣就不能欣賞風景了。」

「現在是晚上，有什麼好看的？」

「我只是想看清楚點而已。」

「放心，再來都是彎路，快不了的。」

「你常來？」

「來過很多次了。」

「為什麼？」

「這裡白天也很美，日出、日落、雲海、風景、銀河都很吸引人，還有高山杜鵑。」

「原來你這麼會玩，還以為你整天躲在辦公室呢！」

「剛退伍的時候，只想著玩，反正公司也不需要我，就到處跑了。」

「我好羨慕你，我到現在，都沒去過比較遠的地方，除了小時候學校辦的去過一次。」

「如果妳願意，我可以常常帶妳玩啊！」

「不用上班啦？」

「現在公司有了新的總經理，我可以很放心的玩。」

說著說著，兩人已經到了武嶺。

「快到了，走一小段山路沒問題吧？」停車場內，滿滿的車。

「怎麼這麼多車？」心怡問。

「大概是來拍銀河的。」

「走吧！衣服穿上，背包帶著。」

「裡面是什麼？」

「餅乾跟飲料，這裡比較冷，一下就會餓了。」

「了解。」

合歡山主峰上，滿天星斗，除了他們兩人是來約會的，其他的幾乎都是攝影師。

「原來在這裡看星星這麼過癮，你看，有流星。」心怡又像個小女孩，興奮地心情讓總裁也感染了。

「對啊！流星在這裡也很容易看得到。」

「你許願了嗎？」心怡轉頭看著他。

「沒有。」

「閉上眼。」心怡說完便將頭靠近總裁，給他一個深深的吻，兩人的關係更近了。

九、愛情條約

日月潭的飯店裡，靠近湖面的一間房間，兩人還在被窩裡溫存，這是他們的第一次。

「要起床了嗎？」總裁抱著她問。

「起來幹嘛？」

「吃飯、遊湖啊！」

「我不餓，再睡一會。」

「好，那我去沖個澡。」

「嗯！」

於是總裁點了餐點，在房間的陽台上享用，等他吃完，已經過了一個半小時，這時心怡才願意起來。

「怎麼自己吃了？」

「小姐，現在已經快十二點了耶。」

「我睡那麼久了啊？」

「凌晨一點到現在。」

「大概是之前都沒睡好吧？」

「要點東西吃嗎？」

「我想出去外面看看，有什麼就吃什麼！」

「好。」

「等我一下。」

心怡吃飽後，兩人來到玄奘寺，這裡的風景很不錯。

「好漂亮喔！難怪這麼多人喜歡來日月潭。」

「要不要去更美的地方？不過要運動一下。」

「好啊！」心怡的心情似乎很好。

　　慈恩塔頂，只有他們兩人，欣賞這三百六十度的美景，他們也在此決定了終身大事。

　　「你真的願意愛我一輩子？」心怡問。

　　「當然。」

　　「好，那你要遵守以下的愛情條約。」

　　「愛情條約？」總裁疑惑地看著心怡。

　　「當然，我可不能隨隨便便就嫁給你。」

　　「好，妳說。」

　　「第一：除了我，你不能跟別的女人在一起，我看了太多的企業家都有好幾個老婆，我可不願意跟別人共享你。」

　　「這簡單。」

　　「話別說太滿。」

　　「第二呢？」

　　「小孩要親自照顧，不能交給別人。」

　　「那就是下班後，被小孩綁住嘍！」

「不，我說的是兩歲以後，小孩會說話，會跑的時候，你要多陪他玩。」

「這也簡單。」

於是心怡列了十條愛情條約，總裁都接受了。

「就這樣了，以後我如果想到別的，再增加。」

「妳說的這些，我一定都能辦到。」

「好，趕快找到我媽吧！我希望在我父親百日之內結婚，不然要等三年。」

「妳也相信這個？」

「這是我父親的遺願，他希望我趕快嫁人。」

「行，我已經委託可靠的人辦了，相信很快就會有結果。」

「沒想到你辦事的效率這麼高。」

「我是總裁啊！總不能拖拖拉拉，凡事都要果斷。」

「所以，對我的感情，也很果斷嗎？」

「那是當然，像妳這麼甜美的女孩，世間少有。」

「那就是還有嘍！」

「有是有啦！不過，要不是別人的老婆，就是別人的女朋友，能讓我遇見的，就只有妳一人了。」

「說真的，我這樣的女孩，進了豪門之後，會不會被歧視？會不會有閒言閒語？」

「別擔心，我是獨子，而且整個集團都是我在掌控，沒人能挑戰我的。」

「那我就放心了。」

總裁從後面抱著心怡，兩人在塔頂欣賞風景，直到有別的遊客大聲嚷嚷，壞了他們的興致，這才離開。

十、寵妻愛奴

婚紗店裡，心怡已經試了十幾件，火氣都上來了。

「到底要那一件啦？」她似乎已經不耐煩了。

「喝飲料吧！我看，就第六件跟第十件，一件是婚宴入場，一件是送客。」

「幹嘛剛剛不說？」

「我以為會有更好的啊！」

「你覺得，我們去那裡拍婚紗照呢？」

「合歡山主峰如何？」

「那裡很冷耶！」

「我們可以選熱一點再上去。」

「不要。」

結果總裁提了十幾個地點都被否決，最終，選擇了他們第一次牽手的海灘。

「嗯！這地點也很好，就這裡了。」總裁說。

婚紗拍了，也宴客完成，兩人累得連說話的力氣都沒了，當晚兩人都沒再說話，直接抱在一起，睡到天亮。

「去那裡渡蜜月？」總裁辦公室裡，雨潔問。

「環島吧！」

「不出國？」

「我討厭搭飛機。」

「怕飛機掉下來？」

「不是，就只是討厭在天上的感覺。」

「心怡的意見呢？」

「她從小就沒到處玩，所以她也贊成環島。」

「你啊！運氣真好，讓你娶到這麼單純又率直的女孩。」

「妳呢？什麼時候要結婚？」

「都是你害的，自從我接任總經理，我的男朋友就離我越來越遠，前幾天才提分手的。」

「這表示他並不是真心愛妳，早點分開是好事。」

「女強人很難當的。」

「但我覺得妳如魚得水，不是嗎！？」

「我是很喜歡現在的工作啦！但也希望有個真心愛我的男人陪我。」

「妳可以跟我一樣啊！找個肯拼又單純的男生，而不是成熟的男人，相信會有不錯的結果。」

「你要我找小鮮肉啊？我下個月就二十九歲了耶！」

「小鮮肉有什麼不好？皮薄、餡足、肉多汁，美味又充饑，一舉兩得。」

「我還是喜歡成熟的男人。」

「妳面前就有一個，可惜妳錯過了。」

「別再說了，你真的不是我的菜。」

「還好我不是妳的菜，否則就被妳吃了。」

「還貧嘴，她來了。」

「心怡，怎麼來了？」

「來看看啊！」

「這位是總經理。」

「叫我雨潔就行了。」

後來總裁一直保持著一個態度：寵愛心怡，所以夫妻間的感情非常好，儘管他仍然是那個高高在上的總裁，後來，他們陸續生了兩男一女，過著幸福快樂的日子。

國家圖書館出版品預行編目資料

真愛無價／明士心、嘉安、倪小恩、破風　合著. —初版.—
　臺中市：天空數位圖書　2021.08
　　面：14.8*21 公分
　　ISBN：978-986-5575-55-7（平裝）

863.57　　　　　　　　　　　　　　　　　　110013854

書　　　　名：真愛無價
發　行　人：蔡秀美
出　版　者：天空數位圖書有限公司
作　　　者：明士心、嘉安、倪小恩、破風
編　　　審：晴灣有限公司
製 作 公 司：辰坤有限公司
封 面 設 計：許思庭
美 工 設 計：設計組
版 面 編 輯：採編組
出 版 日 期：2021 年 08 月（初版）
銀 行 名 稱：合作金庫銀行南台中分行
銀 行 帳 戶：天空數位圖書有限公司
銀 行 帳 號：006-1070717811498
郵 政 帳 戶：天空數位圖書有限公司
劃 撥 帳 號：22670142
定　　　價：新台幣 290 元整

電子書發明專利第　Ｉ　306564　號
※　如有缺頁、破損等請寄回更換

紙本書編輯印刷：
電子書編輯製作：
天空數位圖書公司　E-mail：familysky@familysky.com.tw　http://www.familysky.com.tw/
地址：40255台中市南區忠明南路787號30F國王大樓　Tel：04-22623893　Fax：04-22623863

Family Sky